もくじ

折口信夫　山のことぶれ

妣《はい》が国へ・常世へ——異郷意識の起伏

一

われ〳〵の祖《オヤ》たちが、まだ、青雲のふる郷を夢みて居た昔から、此話ははじまる。而《しか》も、とんぼう髷を頂に据ゑた祖父《チヽ》・曾祖父《ヒヂヽ》の代まで、萌えては朽ち、絶えては蘖《ひこば》え(1)して、思へば、長い年月を、民族の心の波の畦《ウネ》りに連れて、起伏して来た感情ではある。開化の光りは、わたつみの胸を、一挙にあさましい干潟とした。併《しか》し見よ。そこり(2)に揺るゝなごりには、既に業《スデ》に、波の穂うつ明日《アス》の兆しを浮べて居るではないか。われ〳〵の考へは、竟《ツヒ》に我々の考へである。誠に、人やりならぬ我が心である。けれども、見ぬ世の祖々《オヤ〳〵》の考へを、今の見方に引き入れて調節すると言ふことは、其が譬ひ、よい事であるにしても、尠《すくな》くとも真実ではない。幾多の祖先精霊《シヤウリヤウ》をとまどひさせた明治の御代の伴《バン》大納言殿(3)は、見飽きる程見て来た。せめて、心の世界だけでなりと、知らぬ間のとてつもない出世に、苔の下の長夜《チヤウヤ》の熟睡《ウマイ》を驚したくないものである。

われ／＼の文献時代の初めに、既に見えて居た語《ことば》に、ひとぐに・ひとの国と言ふのがある。自分たちのと、寸分違はぬ生活条件を持つた人々の住んで居ると考へられる他国・他郷を斥《サ》したのである。「ひと」を他人と言ふ義に使ふことは、用語例の分化である。此と幾分の似よりを持つ不定代名詞の一固りがある。「た（誰）」・「いつ（＝いづ）」・「なに（何）」など言ふ語は、未経験な物事に冠せる疑ひである。ついでに、其否定を伴うた形を考へて見るがよい。「たれならなくに」・「いづこはあれど（＝あらずあれど）」・「何ならぬ……」などになると、経験も経験、知り過ぎる程知つた場合になつて来る。言ひ換へれば、疑ひもない目前の事実、われ・これ・こゝの事を斥すのである。たれ・いつ・なにが、其の否定文から引き出されて示す肯定法の古い用語例は、寧《むしろ》、超経験の空想を対象にして居る様にも見える。われ・これ・こゝで類推を拡充してゆけるひとぐに即、他国・他郷の対照として何《ナ》その国・知らぬ国或は、異国・異郷とも言ふべき土地を、昔の人々も考へて居た。われ／＼が現に知つて居る姿《ナリ》の、日本中の何れの国も、万国地図に載つたどの島々も皆、異国・異郷ではないのである。唯《ただ》、まる／＼の夢語りの国土は、勿論の事であるが、現実の国であつても、空想の緯《ヌキ》糸の織り交ぜてある場合には、異国・異郷の名で、喚んでさし支へがないのである。

われ／＼の祖々が持つて居た二元様の世界観は、あまり飽気なく、吾々の代に霧散した。夢多く見た人々の魂をあくがらした国々の記録を作つて、見はてぬ夢の跡を逐ふのも、一つは末の世のわれ／＼が、亡き祖々への心づくしである。

心身共に、あらゆる制約で縛られて居る人間の、せめて一歩でも寛ぎたい、一あがきのゆとりでも開きたい、と言ふ解脱に対する憧憬(4)が、芸術の動機の一つだとすれば、異国・異郷に焦る丶心持ちと似すぎる程に似て居る。過ぎ難い世を、少しでも善くしようと言ふのは、宗教や道徳の為事《しごと》であつても、凡人の浄土は、今少し手近な処になければならなかつた。われ／＼の祖《オヤ》たちの、此の国に移り住んだ大昔は、其を聴きついだ語部《カタリベ》の物語の上でも、やはり大昔の出来事として語られて居る。其本つ国については、先史考古学者や、比較言語学者や、古代史研究家が、若干の旁証を提供することがあるのに過ぎぬ。其子・其孫は、祖《オヤ》の渡らぬ先の国を、纔《わづ》かに聞き知つて居たであらう。併し、其さへ直ぐに忘られて、唯残るは、父祖の口から吹き込まれた、本つ国に関する恋慕の心である。その千年・二千年前の祖々を動して居た力は、今も尚、われ〳〵の心に生きて居ると信じる。

十年前、熊野に旅して、光り充つ真昼の海に突き出た大王个崎の尽端に立つた時、遥かな波路の果に、わが魂のふるさとのある様な気がしてならなかつた。此をはかない詩人気どりの感傷と卑下する気には、今以てなれない。此は是、曾《かつ》ては祖々の胸を煽り立てた懐郷心（のすたるぢい）の、間歇遺伝（あたゐずむ）として、現れたものではなからうか。

すさのをのみことが、青山を枯山《カラヤマ》なす迄慕ひ歎き、いなひのみことが、波の穂を踏んで渡られた「妣《ハヽ》が国」は、われ〳〵の祖たちの恋慕した魂のふる郷であつたのであらう。いざなみのみこと・たまよりひめの還りいます国なるからの名と言ふのは、世々の語部の解釈で、誠は、かの本つ国に関する万人共通の憧れ心をこめた語なのであつた。

而も、其国土を、父の国と喚ばなかつたには、訣《わけ》があると思ふ。第一の想像は、母権時代の俤《おもかげ》を見せて居るものと見る。即、母の家に別れて来た若者たちの、此島国を北へ〳〵移つて行くに連れて、愈《いよいよ》強くなつて来た懐郷心とするのである。併し今では、第二の想像の方を、力強く考へて居る。其は、異族結婚（えきぞがみい）によく見る悲劇風な結末が、若い心に強く印象した為に、其母の帰つた異族の村を思ひやる心から出たもの、と見るのである。から言つた離縁を目に見た多くの人々の経験の積み重ねは、どうしても行かれぬ国に、値《あ》ひ難い母の名を冠らせるのは、当然である。

二

民族の違うた遠い村は、譬ひ、母の国であつても、生活条件を一つにして居るものと考へなかつたのが、大昔の人心であらう。さればこそ、とよたまひめの「ことゞわたし」(5)にも、いはながひめ等の「とこひ」(6)にも、八尋鰐や、木の花の様な族霊崇拝（とうてみずむ）の俤が、ちらついて居るのだと思ふ。此方は、から言ふ事実が、此島での生活が始つてからも、やはり行はれて居て、其に根ざして出て来たもの、と見ても構はぬ。

又、右の二つの想像を、都合よく融合させて、さし障りのない語原説を立てることも出来る。ともかく、妣が国は、本つ国土《クニツチ》に関する民族一列の惝怳から生れ出て、空想化された回顧の感情の的である。母と言ふ名に囚はれては、ねのかたすくになり、わたつみのみやなりがあり、至り難い国であり、自分たちの住む国の俗の姿をした処と考へて居なかつた事は一つである。此は、妣が国の内容が、一段進んで来た形と見るべきで、語部の物語は、此形ばかりを説いて居る。いなひの命と前後して、波の穂を踏んでみけぬの命の渡られた国の名は、常世《トコヨ》と言うた。過ぎ来た方をふり返る妣《ハヽ》が国の考へに関して、別な意味の、常世《トコヨ》の国のあくがれが出て来た。ほんとうの異郷趣味（えきぞちしずむ）が、始まるのである。気候がよくて、物資の豊かな、住みよい国を求め〳〵て移らうと言ふ心ばかりが、彼らの生活を善くして行く力の泉であつた。彼らの歩みは、富みの予期に牽《ひ》かれて、東へ〳〵と進んで行つた。彼らの行くてには、いつ迄も〳〵未知之国《シラレヌクニ》が横《よこたは》つて居た。其空想の国を、祖《オヤ》たちの語では、常世《トコヨ》と言うて居た。過去《スギニ》し方の西の国からおむがしき東《ヒムガシ》の土への運動は、歴史に現れたよりも、更に多くの下積みに埋れた事実があるのである。大嘗会のをりの悠紀・主基の国(7)が、ほゞ民族移動の方向と一致して、行くてと過ぎ来し方とに、大体当つて居るのも、わたしの想像を強めさせる。東への行き足が、久しく常陸ぎりで喰ひ止められて延びなかつたことは事実である。祖たちの敢てせなかつたことを、為遂げたのは、毛の国から更に移り住んだ帰化人の力が多い。此は、飛鳥・藤原から、奈良の都へかけての大為事であつた。

祖たちが、みかど八洲[8]の中なる常陸の居まはりに、常世《トコヨ》並びに、日高見《ヒタカミ》の国を考へたのも、此処に越え難いみちのおくとの境があつて、空想を煽り立てたからであつた。常世《トコヨ》を海の外と考へる方が、昔びとの思想だとする人の多からうと言ふことは、私にも想像が出来る。併し今の処、左祖多かるべき此方に、説を向けることが出来ぬ。

書物の丁づけ通りに、歴史が開展して来たものと信じて居る方々には、初めから向かぬお話をして居るのである。常世《トコヨ》と言ふ語の、記・紀などの古書に出た順序を、直様《すぐさま》意義分化の順序だ、との早合点に固執して貰うて居ては、甚だお話がしにくいのである。ともあれ、海のあなたに、常世《トコヨ》の国を考へる様になつてからの新しい民譚が、古い人々の上にかけられて居ることが多いのだ、とさう思ふのである。海のあなたの大陸は蒲葵《アヂマサ》の葉や、椰子の実を波うち際に見た位では、空想出来なかつたであらう。其だから、大后一族の妣《ハヽ》が国の実在さへ信じることが出来ないで、神の祟りを受けられた帝は、古物語を忘れられた新人として、此例からも、呪はれなされた訣になる。彼らは、もつと手近い海阪《ウナザカ》の末に、わたつみの国と言ふ、常世《トコヨ》を観ずる様になつて来た。いろこの宮を、さながら常世《トコヨ》と考へることは、やはり後の事であるらしい。鰭《ハタ》の広物《ヒロモノ》・鰭《ハタ》の狭物《サモノ》・沖の藻葉・辺《ヘ》の藻葉、尽しても尽きぬわたつみの国は、常世と言ふにふさはしい富みの国土である。曾ては、妣《ハヽ》が国として、恋慕の思ひをよせた此国は、現実の悦楽に満ちた楽土として、見かはすばかりに変つて了うた。けれども、ほをりの命(9)の様な、たま〱択ばれた人ばかりに行かれて、凡人には、依然たる常世の国として懸つて居た。富みの国であるが故に、貧窮《マチ》を司る事も出来たのが、わたつみの神の威力であつた。ほをりの命の授つて来られたのは、汐の満ち干る如意宝珠ばかりでなく、おのが敵を貧窮ならしめ、失敗せしめる呪咀の力であつた。

扨《さて》又、あめのひぼこの齎《もたら》した八種《ヤクサ》の神宝を惜しみ護つた出石《イヅシ》人(10)の妣《ハヽ》が国は、新羅ではなくて、南方支那であつたことは、今では、討論が終結した。其出石《イヅシ》人の一人で国の名を負うたたぢまもりの、時じくの香《カグ》の木実《コノミ》を取り来よとの仰せで渡つたのは、橘実る妣《ハヽ》が国なる南の支那であつた。出石人《イツシ》の為の妣が国は、大和人には常世の国と感ぜられて居たのである。此処に心とまることは、此常世が、なり物の富みの国であつたばかりでなく、唯一点だが、後の浦島ノ子の物語と似通ふ筋のあることである。八縵《ヤカゲ》・八矛《ヤホコ》のかぐのこのみを持つて、常世から帰りついた時は、既に天子崩御の後であつた。「命《オホ》せの木の実を取つて、只今参上」と復奏した儘《まま》、御陵の前に哭き死んだと言ふ件は、常世と、われ／＼の国との間で、時間の目安が違うて居たと言ふ考へが、裏に姿をちらつかせて居る様である。極々内端に見積つても、右の話から、此だけの事は、引き出すことが出来る。地上の距離遥かな処に、常世の国を据ゑて考へたこと、従つて、其処への行きあしは、手間どらねばならぬはず、往復に費した時間をあたまに置かないで、此土に帰りついた時の様子を、彼地に居た僅ばかりの時間にひき合せて見れば、なる程たまげる程の違ひが、向うと此方との時間の上にある。

たぢまもりの話は、一見浦島のに比べれば、理窟には適うて居る。其かと言うて、橘を玉櫛笥の一つ根ざしと見るはまだしも、此を彼の親根と考へては、辻褄が合ひ過ぎる。常世の中路《ナカミチ》は、時間勘定のうちには這入つて居ない。目を塞いだ間に行き尽すことが出来るのも、其為である。粟稈《アハガラ》の謂はゞ一弾みにも、行き着かれる。此不自然な昔人の考へを、下に持つた物語として見なければ、香《カグ》の木実《コノミ》ではないが、匂ひさへも齅《か》ぎ知ることが出来ないであらう。して見れば、古人の目《メ》の子《コ》勘定を、今人の壺算用に換算することは、其こそ、杓子定規である。此事こそは、世界共通の長寿の国の考へに基いて居るのである。常世人に、あやかつて、其国人と均しい年をとつて居た為に、束の間と思うた間に、此世では、家処《イヘドコロ》も、見知りごしの人もなくなる程の巌の蝕む時間が経《タ》つて居たのである。

常世では、時間は固より、空間を測る目安も違うて居た。生活条件を異にしたものと言へば、随分長い共同生活に、可なり観察の行き届いて居るはずの家畜どもの上にすら、年数の繰り方を別にして居る。此とて、猫・犬が言ひ出したことではない。人間が勝手に、さうときめて居るのである。まして、常世の国では、時・空の尺度は、とはうもなく寸の延びたのや、時としては、恐しくつまつたのを使うて居た。齢《ヨ》の長人《ナガビト》を、其処の住民と考へる外に、大きくも、小くも、此土の人間の脊丈と余程違うた人の住みかとも考へたらしい。前にも引き合ひに出たす—

くなひこなの神なども、常世へ行つたと言ふが、実は、蛾《ヒムシ》の皮を全剝《ウツハ》ぎにして衣とし、蘿摩《カヽミ》の(11)莢《サヤ》の船に乗る仲間の矮人《ヒキウド》の居る国に還住したことを斥《サ》すのであらう。

とこよなる語の用語例は、富みと長寿との空想から離れては、考へて居られない様である。即、其が、第一義かどうかは問題であるが、常住なる齢と言ふ民間語原説が、祖々《オヤ〳〵》の頭に浮んで来た時代に、長寿の国の聯想が絡みついたので、富みの国とのみ考へた時代が今一層古くはあるまいか。

飛鳥・藤原の万葉《マンネフ》びとの心に、まづ具体的になつたのは、仏道よりも陰陽五行説である。幻術者《マボロシ》の信仰である。常世と、長寿と結びついたのは、実は此頃である。記・紀・万葉に、老人・長寿・永久性など言ふ意義分化を見せて居るのも、やはり、其物語の固定が、此間にあつたことを示すのである。浦島ノ子も、雄略朝などのつがもない(12)昔人でなく、実はやはり、初期万葉びとの空想が、此迄あつたわたつみの国の物語に、はなやかな衣を着せたのであらう。「春の日の霞める時に、澄ノ江ノ岸に出で居て、釣り舟のとをらふ見れば(13)」と言ふ、語部の口うつしの様な、のどかな韻律を持つたあの歌が纏り、民謡として行はれ始めたものと思ふ。燃ゆる火を袋に裹《ツヽ》む幻術者《マボロシ》どものしひ語り[14]には、不老・不死の国土の夢語りが、必主な題目になつて居たであらう。

三

併しもう一代古い処では、とこよが常夜《トコヨ》で、常夜経《トコヨユ》く国、闇かき昏《クラ》す恐しい神の国と考へて居たらしい。常夜の国をさながら移した、と見える岩屋戸隠《ゴモ》りの後、高天原のあり様でも、其俤は知られる。常世の長鳴き鳥の「とこよ」は、常夜の義だ、と先達多く、宣長説に手をあげて居る。唯、明くる期《ゴ》知らぬ長夜のあり様として居るが、而も一方、鈴ノ屋翁[15]は亦、雄略紀の「大漸」に「とこつくに」の訓を採用し、阪ノ上ノ郎女の常呼二跡《トコヨニト》の歌をあげて、均しく死の国と見て居るあたりから考へると、翁の判断も動揺して居たに違ひない。長鳴き鳥の常世は、異国の意であつたかも知れぬが、古くは、常暗の恐怖の国を、想像して居たと見ることは出来る。翁の説を詮じつめれば、夜見《ヨミ》或は、根《ネ》と言ふ名にこめられた、よもつ大神のうしはく国は、祖々《オヤ〳〵》に常夜《トコヨ》と呼ばれて、こはがられて居たことがある、と言ひ換へてもさし支へはない様である。みけぬの命の常世は、別にわたつみの宮とも思はれぬ。死の国の又の名と考へても、よい様である。

大倭の朝廷《ミカド》の語部は、征服の物語に富んで居る。いたましい負け戦の記憶などは、光輝ある後《ゴ》日《ニチ》譚に先立つもの丶外は、伝つて居ない。出雲・出石その他の語部も、あらた代の光りに逢うて、暗い、鬱陶しい陰を祓ひ捨て、裏ぎるものとては、物語の筋にさへ見えなくなつた。天《アマ》語《ガタリ》に習合せられる為には、つみ捨てられた国語《クニガタリ》の辞《コト》の葉《ハ》の腐葉《イサハ》が、可なりにあつたはずである。されど、祖々の世々の跡には、異族に対する恐怖の色あひが、極めて少いわけである。えみしも、みしはせも(16)、遠い境で騒いで居るばかりであつた。時には、一人ぼつちで出かけて脅す神はあつても、大抵は、此方から出向かねば、姿も見せないのであつた。さはつて、神の祟りを見られたのは、葛城ノ一言主《ヒトコトヌシ》における泊瀬天皇(17)の歌である。手児ノ呼坂《ヨビサカ》・筑紫の荒ぶる神・姫《ヒメ》社《コソ》の神などの、人殺《ト》る者は到る処の山中に、小さな常夜の国を構へて居たこと丶祭せられる。国栖・佐伯・土蜘蛛(18)などは、山深くのみひき籠つて居たのではなかつた。炊ぎの煙の立ち靡く里の向つ丘《ヲ》にすら住んで居た。まきもくの穴師《アナシ》の山びとも、空想の仙人や、山賤《ヤマガツ》ではなく、正真正銘山蘰《カヅラ》して祭りの場《ニハ》に臨んだ謂はゞ今の世の山男の先祖に当る人々を斥《サ》したのだ、と柳田國男先生[19]の言はれたのは、動かない。其山人の大概は、隘勇線[20]を要せぬ熟蕃たちであつた。寧、愛敬ある異風の民と見た。国栖・隼人の大嘗会に与り申すのも、遠皇祖《トホツスメロギ》の種族展覧の興を催させ奉る為ではなかつた。彼らの異様な余興に、神人共に、異郷趣味を味はふ為であつた。

ほんとうに、祖々を怖ぢさせた常夜は、比良坂[21]の下に底知れぬよみの国であり、ねのかたす国であつた。いざなぎの命の据ゑられた千引きの岩も、底の国への道を中絶えにすることが出来なかつた。いざなぎの命の鎮りますひのわかみや（日少宮）は、実在の近江の地から、逆に天上の地を捏《デツ》ちあげたので、書紀頃の幼稚な神学者の合理癖の手が見える様である。尤《もつとも》、飛鳥・藤原の知識で、皇室に限つて天上還住せしめ給ふことを考へ出した様である。神《カム》あがりと言ふ語は、地の岩戸を開いて高天原に戻るのが、その本義らしい。浄見原天皇・崗宮天皇[22]（日並知皇子尊）共に、此意味の神あがりをして居させられる。柿ノ本ノ人麻呂[23]あたりの宮廷歌人だけの空想でなく、其頃ではもう、貴賤の来世を、さう考へなくては、満足出来ぬ程に、進んで居たのであらう。ひのわかみやが、天上へ宮移しのあつたのも、同じく其頃の事と思ふ外はない。

飛鳥の都の始めの事、富士山の麓に、常世神《トコヨガミ》と言ふのが現れた。秦《ハタ》ノ河勝《カハカツ》(24)の対治《タイヂ》に会ふ迄のはやり方は、すばらしいものであつたらしい。「貧人富みを致し、老人少《ワカ》きに還らむ」と託宣した神の御正体《ミシヤウダイ》は、蚕の様な、橘や、曼椒《ホツキ》に、いくらでもやどる虫であつた。而も民共は、財宝を捨て、酒・薬・六畜(25)を路側に陳ねて「新富入り来つ」と歓呼したとあるのは、新船来《イマキ》の神を迎へて踊り狂うたものと見える。此も、常世から渡つた神だ、と言ふのは、張本人大生部《オホフベ》ノ多《オホ》の言明で知れて居る。「此神を祭らば富みと寿とを致さむ」とも多《オホ》は言うて居るが、どうやら、富みの方が主眼になつて居る様である。此神は、元、農桑の蠱術《マジ》の神で、異郷の富みを信徒に頒けに来たもの、と思はれて居たのであらう。

話は、又逆になるが、仏も元は、凡夫の斎《イツ》いた九州辺の常世神に過ぎなかつた。其が、公式の手続きを経ての還《カヘ》り新参《シンザン》が、欽明朝の事だと言ふのであらう。守屋(26)は「とこよの神をうちきたますも（紀）」と言ふ讃め辞を酬いられずに仆れた。

唯さへ、おほまがつび・八十まがつびの満ち伺ふ国内《クヌチ》に、生々した新しい力を持つた今来《イマキ》の神は、富みも寿も授ける代りに、まかり間違へば、恐しい災を撒き散す。一旦、上陸せられた以上は、機嫌にさはらぬやうにして、精々禍を福に転ずることに努めねばならぬ。併し、なるべくならば、着岸以前に逐つ払ふのが、上分別である。此ために、塞《サ》への威力を持つた神をふなどと言ふことになつたのかも知れぬ。一つことが二つに分れたと見えるあめのひぼこ・つぬがのあらしとの話[27]を比べて見ると、其辺の事情は、はつきりと心にうつる。此外に、語部の口や、史《フビト》の筆に洩れた今来《イマキ》の神で、後世、根生ひの神の様に見えて来た方々も、必、多いことゝ思はれる。

（一九二〇年 三三歳）

鬼と山人と

木地屋《キヂヤ》(1)にもならずにすんだ「山村《ヤマフレ》」が、何処か此辺にもあつて、今も栄えて居るかも知れない。今度十月の十日夜《トヲカンヤ》にでも来て、そつと、あの崖《ハマ》の上の家むらなどは見てゐてやらう。さつき道を教へた我勢《ガセイ》らしい上様《カミサマ》などは、向うの萱山へ上つて、櫛形の月のあかりの下で、杓子ををこつかして躍り出し相だぞ。だから、貴人を連れて逃げたの、憚りながらやんごとない御血筋の続きだのと言うてゐる山家の村々の中には、源平どころか、もつと〳〵古く、里の祭りと絶縁して引きこんだ末がないとは言へない。

寝静まつた様な山の姿を仰いで、なぜのあんな高い麦の葉生えの中に、子どもが立つてゐる。お前は唄を謡うてゐるね。もう、あしたが小正月だのに、「正月どん〳〵。どこまでござつた。……」でもあるまいに。そんな唄謡うても、学校の先生は叱らないかい。私は、声をかけて通つてやりたい様な気がした。こんな時分から、もう青空のふさぎのむしを吸ひこんで居るのだ。山家々々とあしげに言やると「山家鳥虫唄」の後生楽はぬかしてゐるけれど、花の木と言へば、向山も背戸山も、辛夷《コブシ》花や、躑躅まで根こそぎ杉苗と栽ゑ替へた。何の色よい花が咲かう。冬だから、行きすがりの旅だから、よい様なもの丶、此処に住みついて居る身になつたら、貉の奴め。はいからにでも化けて来いと呼びかけたくなるだらう。こんな同情は、要するに、十足もあるけば消えて了ふ、其よりも、やつぱり嬉しさうな人が、忘れた時分に一人づ丶行き違ふ。其に話しかけた方がよい。

門松は小正月にもまだ置いてある。少しづ丶は飾りをへらす相だけれども。暮に迫つて恵方の山へ、お松様を迎へに行つて、家の軒先へはざ[2]を立て丶、其に括りつける。家の格で、三本はざも五本はざもある。正月に来る年神様の伴れだか何だか、大年の晩遅れて来る客人《キャクジン》がある。「どこへでもえ丶で、宿を貸せろ」と言うて来るのだ。目には見えないが、きつと来る。こんな客人は年棚の外に、祀つてやる事もあり、門松ぎりで遠慮して這入つて来ない衆も居る。こんな話を聞いたりした。

正月の鏡餅も、小餅を幾つも年棚へ供へたりするのも、此から見れば理くつは見透けて居る。海岸の村に我々の先祖が、一年の間きり物を思はなかつた時分からきまつて、初春には帰るお客人があつたのである。山へ／＼と這入つて行つて、常世神を忘れ干した後も、やつぱり変らず戻つて来る。山の神だけが春のまれびとではなかつた。年を二つに割つて上元中元と言ふ事を考へる様になつてからは、二度遠い旅を還つて来る。中元には、盂蘭盆に迎へるお聖霊《シヤウラウ》と言ふ事になつてゐるが、正月にはそんな忌はしい事はけぶりにも言はない。歳神様だの歳徳様だの、正月様だの、法華寺などでは、歳徳大善神と言ふ掛軸を掛ける。さうしてあげるのは、まづ第一に十二或は十三の其年の月数に準へた小餅である。壱岐の島などでは、扇をあげる。あけると、高砂の尉と姥の絵がある。

季節の替り目は魂の浮動《ウカ》れ易い時である。殊に初春と初秋とには、生き身の魂さへ、ぢつとして居られなくなるらしい。死人の魂は固より、ふら／＼と遥かな海のかなたの国土から、戻つて来るのである。常世と言ふのは、実は海岸の村の海に放つた、先祖代々の魂が到り尽して常は安住してゐる国の名であつた。村の元祖を一人又は男女二人として、其に多くの眷属(3)として、個性のない魂が集つて居る。其先祖を代表した魂が、常世の神となり上り、なり替つて、醇化した神となつた。さうして、死の国と常世とは別になつて了うた。常世の元の形の記憶はまだなくなりきらない中に、常世神に縁ない山国に移つた村々は、常世をもつと、理想化して高天原を考へた。さうして常世神の性格の一部を山の神に与へた。けれども、初春毎に来ては、一年を祝福しては去つた先祖の魂の、祝福はせなくなつても、ともかくも戻つて来る事だけは忘れなかつた。生憎仏教はさう言ふ事を思ひ出させる様に出来てゐた。平野・山国に国作りしてからは、村々を訪ふ春の神は、歳神と言ふ名に変つて来た。大歳神とはあまり関係はなさ相な性格である。海を控へた村々の時代には、海阪《ウナサカ》遥かに来ると見た常世神が、平野・山国となつて、山を背景にした。だから歳神は、山から来る。但し、山の中ではなく、野越え山越え来るのらしい。

山の端から天に上るのでもないらしいが、処によれば、歳徳は西天に帰る様にも考へてゐる。「どこまでござつた」と言ふから見れば、「杖つきもつかずも行きて」と言ふ様に、水平的に長い道を来るのである。正月の神様は、先祖の魂の変形で、伴神と言ふのは、お盆と言へば伴聖《トモ》霊と謂はれるものである。門松の処きり踏みこまぬのは、盆にも来る無縁精霊と言はれるものである。常世神を失うて、おとなしい歳神を得た海に縁ない地方の人々は、どうしても、常世神との誓約によつて、初春毎に村を祝《ホカ》ひの寿詞《ヨゴト》を唱へに来る山の神に、常世神の性質を段々多く持たせて行つた。常世の神の姿は、初めは恐しい怪物に考へてゐたらしいが、段々平和で力ある一柱又は、年老いた尉と姥の姿にしてゐた。此は古典に証拠がある。常世神の老人夫婦の姿が、歳神になつても残つてゐる。さうして此間の記憶が、田楽・能楽以前にも溯り得る神事演劇の上の翁なのである。ところが、歳神の信仰はあまりに、抽象的であつた。村人の心は憑む所を考へ出さずには居られなくなつた。

山の神は海岸を見捨てゝからは、親しみ易くて頼み易いので、段々善的な神として行つた。併し常世神以来、祝福がすめばすぐにも還つて欲しい様な畏い気むつかしい所のあるのが神であつた。山の精霊も神に近づいて、醇化して行く程、段々気のとりにくい畏い処が出て来た。かうして人間との交渉は、山の神よりも、その巫女の山姥に代役して貰ふ傾向が出来て来たのかも知れない。水辺の海村にゐた頃は神を迎へる為には、海において身を清めた。此神に応接する条件が、次第に拡充せられて、禊祓を生んだのである。穢れた為に祓ふのではなく、神を迎へ、神に接する為であつた。さうした常世神の為の習慣が、山の神の上にもくり返され、不浄を忌む神であり、血を忌む神であると言ふ風に考へた。

おにと言ふ語は、日本固有の語で、隠でも陰でもなかつた。鬼をものと訓じ（此は魔の略格かも知れぬ）、おにと称したのは、語に両面の意があつたからである。おにの第一義は、「死人の魂」で神に近いものと思ふ。其が段々悪く考へられて安住せぬ死霊の様に思はれて行つた。恐らく常世神とまでならぬ先祖の霊と常世神との間の、死の国の強力者とも言ふべき、異形身を考へては居たであらう。死の国において、皆現世の身を失うて変形するものと考へて居たのである。神と死霊との間の妖怪でゐて好意あるものと言ふ位の内容であらう。身躰の大きい事が恐らく必須条件であらう。ものは本身を持たぬ魂で、依るべのないものなのである。だから、常に魂のうかれる時を窺うて、人に依らうとするのである。人に災する物の中、庶物の精霊はたまであるが、これは、唯浮遊してゐるのである。時々動物などの身の中に憩ふこともあるやうである。其変化した考へ方から人の魂でも、身を離れて悪化した場合には言うてゐる。おにの居る処は、古塚・洞穴などであるらしい。死の国との通ひ路に立つ塚穴である。神の奴隷・従者・神の弟子・神になる間の苦しみの形と言ふ様な意味を持つて来たのは第二義らしい。悪事をせない様に、神の所属にせられてゐるのであつた。だから、常世と此土との間の洞穴や海底にゐるものと考へられてゐる。煉獄の所生で、此時期を過ぎれば神になれるのであらう。おにと謂はれる物は、八瀬のおにも、大峰のおにも皆山の洞穴に縁がある。鬼隈皇女など言ふ名も巌穴洞穴に関係あり相だ。手長と言ふのも、神社におけるおにである。神奴として、異形身なるものをいふのだ。

地獄の生類の名としたのは、第三義で、仏教以後である。御霊《ゴリヤウ》になつても、おにとは謂はなかつた。巨大さがない為である。

さすればおには、恐らく大人《オニ》の義で、おほひとと同義である。おには空想の所産で、山人・山の神は人間であるが、おには先住民をさう考へてゐたのであらう。先住民は巌穴に住むものと見、其が神力で従へられたものゝ子孫が、神奴のおにだとするのだ。巨人伝説の上の大人を先住民と見てゐたのである。八幡の大人弥五郎の如きも、神奴の先祖を形に表したのである。八握脛七束脛など言ふのも、先住民の名として大きな者なることを示す。智恵の勝利を示すと共に、威力を見せる手段であらう。大太郎法師(4)も、八幡系統の高良山の大多良男命大多良女命なのである。ひいては、寺にまでも此信仰が這入つて、金剛力士を門の両側に立たせることになつた。異教の村の神を征服した姿を見せるので、八幡には昔は、弥五郎を門にするゐたに違ひない。神と神との争ひに小さな神の勝利を示す事から、転じて人の上にも移されたのだ。阿倍貞任も巨人であり、松岡五郎も巨人、三浦荒次郎(5)も巨人だつた様に、わが国では被征服者が巨人化するのである。

（一九二八年 四一歳）

盆踊りの話

一

盆の祭り（仮りに祭りと言うて置く）は、世間では、死んだ聖霊を迎へて祭るものであると言うて居るが、古代に於て、死霊・生魂に区別がない日本では、盆の祭りは、謂はゞ魂を切り替へる時期であつた。即、生魂・死霊の区別なく取扱うて、魂の入れ替へをしたのであつた。生きた魂を取扱ふ生きみたまの祭りと、死霊を扱ふ死にみたまの祭りとの二つが、盆の祭りなのだ。盆は普通、霊魂の游離する時期だと考へられて居るが、これは諾はれない事である。日本人の考へでは、魂を招き寄せる時期と言ふのがほんとうで、人間の体の中へ其魂を入れて、不要なものには、帰つて貰ふのである。此が仏教伝来の魂祭りの思想と合して、合理化せられて出来たものが、盆の聖霊会《シヤウリヤウヱ》である。

七夕の祭りと、盆の祭りとは、区別がない。時期から言うても、七夕が済めば、すぐ死霊の来る盆の前の生魂の祭りである。現今の人々は、魂祭りと言へば、すぐさま陰惨な空気を考へる様であるが、吾々の国の古風では、此は、陰惨な時ではなくして、非常に明るい時期であつた。此時期に於ける生魂の祭りの話を、簡単に述べようと思ふ。

二

日本民族の量り知れない大昔、日本人が、国家組織をもつて定住せない頃、或は其以前に、吾々の祖先が多分はまだ此国に住まなかつた頃から、私の話は、語り出される。

其頃の日本の人々の生活は、外来魂を年に一度、切り替へねばならなかつた。其が、年に二度切り替へる事にもなつて行つた。本来ならば、尠くとも、一生に一度切り替へればよいのであるが、此を毎年切り替へる事になつた。年の暮から初春になる時に、蘇生する為に切り替へをし、其年の中に、も一度繰り返す。此後の切り替へが、聖霊祭りである。

切り替へとは、魂を体に附ける事で、魂を体に附加すると、一種の不思議な偉力が出来たのである。例へば、さる地位にある人は、其外から来る魂を体に附けなければ、其地位を保つことが出来ないのだ。此を一生に一度やるのが、二度となり、六度行うた時代もあつた様だ。二度の魂祭り、即、暮と盆との二度の祭りに、子分・子方の者から、親方筋へ魂を奉る式「おめでたごと」と言ふ事が行はれたのは、此意味であつた。「おめでたう」と言ふ詞を唱へれば、自分の魂が、上の人の体に附加するといふ信仰である。正月には魂の象徴を餅にして、親方へ奉る。

朝観行幸と言ふのは、天子が、親の形をとつておいでなさる上皇・皇太后の処へ、魂を上げに行かれた行事である。吾々の生活も、亦同様で、盆には、鯖《サバ》を、地方の山奥等では、塩鯖を撃げて親・親方の処へ行つた。何時の頃から魚の鯖になつたか訣らぬが、さば（産飯）と言ふ語《ことば》の聯想から、魚の鯖になつた事は事実である。此行事を「生き盆」「生きみたま」と言ふ。

三

神道の進んで行くある時期に、魂の信仰が、神の信仰になつて行つた事がある。昔は、神ばかり居たのではない。精霊が居て、此が向上し、次第に位を授けられて、神になつたものと、霊魂なるもつと尊い神とがあつた。其形が、断篇的に、今日の風俗伝説に残つて居る。其時期に、古代には尠くとも、神が海なら海、河なら河を溯つて来て、其辺りの聖なる壇上に待ちかまへて居る処女の所へ来る。其時聖なる処女は機を織つて居るのが常であつたらしい。此処女が、棚機《タナバタ》つ女《メ》である。此形は、魂の信仰が、神の形に考へられたのである。

夏に神が来る。――夏の末、秋の初めに神が来ると考へたのは、日本神道の上でも新しいものである。と言うても、わが国家組織のまとまるか、まとまらない頃のものであらう。此時期に、吾々の民間に残つて居る、注意すべき事は、処女どもの、一所に集つて物忌みする事である。今日でも、地方々々に残つては居るが大抵は形式化して、やらねば何となく気が済まぬからと言ふ様な気分で、形式だけを行うて居る。此を或地方では、盆釜《ボンガマ》と言ふ。地方には、其時だけ村の少女許り集つて、一个所に竈を築いて遊ぶ事が、今も残つて居る。此が実は、所謂まゝごとの初めである。日本人は、隔離して生活する時には、別な竈を作つて、そこで飯を焚くのが常である。盆釜は、うなゐ・めざし[1]等と称せられる年頃のともがらが、別に竈を造つて、物を煮焚きして食べる。此時に、小さい男の児たちが、其を毀しに行つて喜ぶ様な事が行はれて居る。

盆釜と同じもので、春には、男の児等が鳥小屋を作つて、籠ることがある。此は、男の児が、くなどに[2]奉仕する物忌みなのである。盆釜とは、幼女の、処女の仲間入りする為のものである。此に対して、田植ゑに先だつて、処女が山籠りをする行事は、処女から、成熟した女になる式である。即、日本では、子供から男・女になるまでに、式が二度あつた。男の方では、袴着の式――謂はゞ褌始めである。女の方では、今言うた裳着の式――腰巻始めとでも言うたらよいか。其裳着の式が二度ある。少女の時と、成熟した女になる時の式とである。併し此は、一度にしたりする事があるから、一概に言へぬが、まづ二度行はれるのがほんとうである。

此式は、田植ゑの一月前、処女が山籠りをするので、躑躅の枝を翳して来るのが其標である。此が早処女《サウトメ》となつて、田植ゑの行事をするのだ。此以前に行はれるのが、盆釜と言はれる式で、即、早処女になる以前の成女戒である。此は、別のものか同じものか訣らぬが、私は、年に二度行はれたものと考へて居る。

盆釜に籠る間は、短くなつて居るが、実は長いものであつた。卯月の山籠りも同じで、近頃では、僅かに一日しか籠らない。かう言ふ風に段々短くなつて来て居るが、一日では意味が訣らぬものである。禊ぎをする時は一日でよいが、神に仕へる時は長かつたもので、其を形式化して行うて居るのであらう。

室町から徳川へ入る頃ほひから、少女の間に盛んになつたものに、小町踊りがある。男の方に業平踊りがあるから、其に対立したものであると言はれて居るが、其とは別なものである。小町踊りは、少女等が手をつないで行つて、ある場所で踊る踊りである。私が大阪で育つた頃、まだ遠国歌《ヲンゴク》を歌つて、小娘達が町を練り歩いて居た。此は盆の踊りの一つである。小町踊りと言ふのが此総名で、此踊りの為に日本の近世芸術は、一大飛躍を起して来たのだ。さうして、徳川初期の小唄の発達・組み歌の発達と相協うて居る。娘達の盆釜の行事は、かうした種々のものを生み出して来た。

四

一方、魂祭りの方面では、ちようど其頃、念仏踊りがある。魂祭りは、死んだ近い親族が帰つて来るから魂祭りであると言ふが、此だけでは、近頃の考へである。以前は、其帰つて来る魂の中に、悪い魂も混つて戻つて来ることを考へて居た。其為に、悪霊を退ける必要があつたのだ。此悪霊退散の為の踊りが、念仏踊りである。春の終り、夏に先だつて流行する疫病を予防する為の踊りであつたが、其元は、稲虫を払ふ踊りである。

日本人はすべて物を並行的に考へるのが例で、田に稲虫が出ると、人間にも疫病が流行すると考へて居た。此踊りのもとは、平安朝になつて、俄然発達して来た鎮花祭から起つてゐる。花が散る頃には、悪疫が流行するから、花鎮めの祭りをすると言ふのは、平安以後の考へで、もとは、花を散らせまいとする、花の散る事を忘れさせる為の踊りであつた。此が平安朝になると、疫病退散の為の踊りになつた。
日本の踊りは宗教を生み出す源となる事があるが、念仏宗も鎮花祭の踊りから発達して来て居るのだ。鎮花祭の踊りをする中に、其興奮から、一種の宗教的自覚をおこして、念仏宗が出で、其径路に当つて、念仏踊りが現れたのであつた。

念仏踊りは、此様に、段々意味が変つて来て居るが、根本には、魂に係る祭りだと言ふ考へがなくなつては居ない。念仏踊りの直接の前の形は魂祭りではあるまいが、併しそれ以前、平安朝から、或は奈良朝の頃にも、此魂祭りを考へて居たことは見える。

村の聖霊が帰つて来る時期に、ちようど念仏踊りを行うた。念仏聖が先に立つて踊る時もあり、念仏聖を傭つてする時もあり、村人自身がする時もあり、或は村全体が念仏聖の村である事もある。此念仏聖が鉦を敲いて、新仏の家に立つて踊り、聖霊の身振りや、称へ言を唱へて歩いた道行き芸が本筋をなして居る。途中のある場所で演芸をするのは亦、歌舞妓狂言の一部を発達させて居る。

出雲のお国[3]の念仏踊りは、ほんとうのものであつたか否かは、疑はしい。歌舞妓の草子を見ても、お国のは、念仏踊りの部分が、僅かで、享保の頃から、念仏踊りは既に、小唄踊りに変つて来て居る。この道行き芸が、実は盆の踊りの根本である。道を歩きながら、鉦を敲いて、新盆の家の庭で輪を作つて踊る式は、神祭りと同一で、月夜の晩に、雨傘を指したり、踊りの中心に柱をたてたりする。神を招く時には、中央に柱を樹てゝ、其まはりを踊つて廻はるのが型である。此神降しの様式を、念仏踊りは採り入れて居るのだ。出雲の須佐神社の念仏踊りを見ても、其中心には、傘の様に竹を割つたものを樹てゝ居る。盆踊りを歌垣の流であると言ふのは、全く謬りで、勝手な想像に過ぎない。男と女とがよれば、其結果、歌垣の終りの如くなるのは当然である。

盆踊りの直接の原因はだから、念仏踊りであることは事実だ。行はれる時期も色々あり、踊り方にも色々あつて道を歩いて踊つて行く踊り、譬へば、阿波の徳島の念仏踊りは其代表的のもので、伊勢踊りと同様である。それから神を迎へて来る道中の踊り、即、伊勢踊りが、七夕や盆の踊りの中へ織り込まれて来た。此だけの要素は、従来の盆踊りの中に、其形式を忘れる事が出来ないものである。要するに、其は盆釜から生れて来た小町踊りと、七夕と同一の伊勢踊りと、根本の念仏踊りとの三要素があるのだ。

中昔の頃には、盆と言ふ時期は、死人の魂が戻つて来ると共に、無縁の亡霊もやつて来ると考へた。其為、家では魂祭りをし、外では無縁の怨霊《ヲンリヤウ》を追ひ払はねばならぬ。此考へが変化して、盆の如く、聖霊も中一日居るのみで、追ひ返へされて了ふ。少しでも、亡霊を嫌がるそぶりを見せると、又戻つて来ると考へた。戻られると厄介だから、名残り惜しい〳〵と言ふ意味を口には唱へるが、実は嘘で、さう言ひつゝ追ひ払ふのである。此は、雛流し・七夕流しにつき添うた型式である。勿論、其他の無縁の聖霊・悪霊をも、一緒に払ひ捨てゝ了ふのである。

から見て行くと、複雑な盆踊りの形が、簡単になつて来る。私の盆踊りに対する考へは、簡単ではあるが、大体以上の如きものである。

（一九二七年 四〇歳）

舞ひと踊りと

日本の芸能には古代からまひとをどりとが厳重に別れてゐた。いろんな用例からみても、旋回運動がまひ、跳躍運動がをどりであつた事が明らかである。芸能と言ふより、むしろ生理的な事実について言つてゐるのである。だから宗教者が、ある時興奮状態におちいつて、その心理作用が生理的条件をつき動して表現せられるとき、ある場合は旋回運動としてはげしく、又はゆるく舞ふ事になる。又時としては跳躍運動として、その興奮の程度によつて、或は高く或は静かに、をどり上る動作がくり返される。歴史以前からの久しいからうした反覆が行はれてゐる間に、いつか神祭りの様式として、是非とも行はなければならないものとなつて来てゐた。それが次第に周囲を取りかこんで凝視し、又は傍観してゐるものにあたへる効果を、出来るだけ有効に強くしようと考へるやうになる。そこにまひ或はをどりの芸能、或は芸術的の価値を考へることがはじまるのである。

おそらく宗教的儀礼を執行する人のうちに一人があつて、神がより来つて、神らしい動作をしてゐるそれ〴〵の舞踊の有様を見ながら、之はどういふ状態に神があるか、どういふ神の動作か、さういふ事を判断する者がをつたに違ひない。さうして其等の人によつて、夫々をどり・まひの特殊な意義、場合々々の価値と言ふものが定められて来たのであらう。だから多くの場合、舞ひと言ふのは、大様で静かな性格をもつた神の一面を表す事が多い。踊りは、幾分荒々しい粗野な感情を表現するでもん・すぴりつとの類の動作であることが多い。其で、自《オノヅカ》らその精霊が勢よく我々の前から退去する姿を表す場合が多くあつて、其為に古来神遊びを初めとして、我が国に行はれてをつた幾多の鎮魂の舞踊である所の遊びが、次第に舞ひの方に傾いて、名もさう呼ばれるやうになつた。踊りは専ら、伊勢踊り・念仏踊り・神送り踊りの類の激しいものになつて行つた。さうして長い芸術と無関係な踊りの時期がすぎて、念仏踊りを中心とする踊りが次第に純化して、其頃流行し出した小唄類と合体して、種々の組みの踊りが出来、又その踊り手にも色々な種類の人々を加へた結果、譬へば、処女は処女、既婚婦人は既婚婦人の踊りといふ風に、踊りは踊りとして特別に芸能としての観照に耐へる様になる時が来た。之がおよそ室町時代以後と見れば間違ひが無からう。盆踊りの頭をもたげて来たのも、およそこの時期である。

ところが、踊りの盛んになるのも大体時期があつたので、戦国の頃に、急に著しくなつて来たのが歌舞妓踊りである。それが総べての踊りを指導するやうな地位に、やがて立つてゆくやうになつた。此時期になつて踊りも亦芸能としての地歩を保ち、次では芸術の域に到達するばかりになつた。此機運を早め、此動きを捉へたものは、歌舞妓役者の劇場において行つた踊りであつた。京阪地方には何しろ歴史久しい宗教舞踊があり、それが早くから芸術化するばかりの境地まで進んでゐた。其後文学的な優れた詞を持つた曲舞、更に舞ひの外に優婉な歌と身振りの融合した猿楽能などが現れて、舞ひは殆此上発達の望めない迄に進んで来た。だから踊りの価値は相当に認められてゐても、それが当然の地位を得る為には、自ら新しい地位を求めるほかなかつた。新興の都会で既に歌舞妓の一つの根拠地となつてゐた江戸は、正に踊りの根を下すべき土地であつた。其後両方実際、舞踊——舞と踊——の内容は、融通があり交換があつて、事実においては非常な違ひがある訣ではないが、江戸の舞踊は踊りと言ひ、それが歌舞妓から出発してゐる新しい歴史を示す名となつた。上方の舞踊は、近世の舞ひの頂点なる能を基礎として、それを崩したにすぎないといふ意義において舞ひと言つてゐたのである。

此二つの間に強ひて区別をつければ、相当な年代と地方的特色を背負うて来てゐるのだから、相当の限界はつける事は出来るが、要するに同じものと言つてさしつかへがない。唯その技術、其から、表現の上における約束の些細な相違は、今日この会場で、舞踊の指導者が夫々細やかに演じて示し分けられるだらうから、それに期待して、あなた方は十分目を遊ばしてよいと思ふ。

（一九五二年　六五歳）

ほうとする話――祭りの発生　その一

一

ほうとする程長い白浜の先は、また、目も届かぬ海が揺れてゐる。其波の青色の末が、自《オノ》づと伸《ノ》しあがるやうになつて、あたまの上までひろがつて来てゐる空である。ふり顧《カヘ》ると、其が又、地平をくぎる山の外線の立ち塞つてゐるところまで続いて居る。四顧俯仰して、目に入る物は、唯、此だけである。日が照る程、風の吹く程、寂しい天地であつた。さうした無聊の目を睜らせるものは、忘れた時分にひよつくりと、波と空との間から生れて来る――誇張なしにさう感じる――鳥と紛れさうな刳《ク》り舟の影である。

遠目には、磯の岩かと思はれる家の屋根が、一かたまりづゝぽつつりと置き忘れられてゐる。

炎を履む様な砂山を伝うて、行きつくと、此ほどの家数に、と思ふ程、ことりと音を立てる人も居ない。あかんぼの声がすると思うて、廻つて見ると、山羊が、其もたつた一疋、雨欲しさうに鳴き立てゝゐるのだ。

どこで行き斃れてもよい旅人ですら、妙に、遠い海と空とのあはひの色濃い一線を見つめて、ほうとすることがある。沖縄の島も、北の山原《ヤンバル》など言ふ地方では、行つても〳〵、こんな村ばかりが多かつた。どうにもならぬからだを持ち煩《アツカ》うて、こんな浦伝ひを続ける遊子も、おなじ世間には、まだ〳〵ある。其上、気づくか気づかないかの違ひだけで、物音もない海浜に、ほうとして、暮しつゞけてゐる人々が、まだ其上幾万か生きてゐる。

ほうとしても立ち止らず、まだ歩き続けてゐる旅人の目から見れば、島人の一生などは、もつと〳〵深いため息に値する。かうした知らせたくもあり、覚らせるもいとほしいつれ〴〵な生活は、まだ〳〵薩摩潟の南、台湾の北に列る飛び石の様な島々には、くり返されてゐる。でも此が、最正しい人間の理法と信じてゐた時代が、曾ては、ほんとうにあつたのだ。古事記や日本紀や風土記などの元の形も、出来たか出来なかつたかと言ふ古代は、かういふほうとした気分を持たない人には、しん底までは納得がいかないであらう。

蓋然から、段々、必然に移つて来てゐる私の仮説の一部なる日本の祭りの成立を、小口だけでもお話して見たい。芭蕉が、うき世の人を寂しがらせに来た程の役には立たなくとも、ほうとして生きることの味ひ位は贈れるかと思ふ。

月次祭りの、おしひろげて季候にわりあてられたものと見るべき、四季の祭りは、根本から言へば、臨時祭りであつた。だが、却て、かうした祭りが始まつて後、神社々々特殊の定祭が起つたのであつた。四季の祭りの中でも、町方で最盛んな夏祭りは、実は一等遅れて起つたものであつた。次に、新しいと言ふのも、其久しい時間に対しては叶はないほど、古く岐れた祭りがある。秋祭りである。此も農村では、本祭りと言つた考へで執行せられる。

此秋祭りの分れ出た元は、冬の祭りであつた。だが、冬祭りに二通りあつて、秋祭りと関係深い冬祭りは、寧、やつぱり秋祭りと言つてよいものであつた。真のふゆの語原である冬祭りは、年の窮つた時に行はれたものである。さうして、最古い形になると、春祭りと背なか合せに接してゐた行事らしいのである。だから冬祭りは、春祭りの前提として行はれた儀式が、独立したものと言うてよい。でも時には、秋祭りの意義の冬祭りと、春祭りの条件なる冬祭りとが、一続きの儀礼らしくも見える。さうすると、秋祭りの直後に冬祭りがあり、冬祭りにひき続いて春祭りがあつて、其が、段々間隔を持つ様になつた。其為、祭儀が交錯し、複雑になつて行つたもの、と言へる。

秋祭りを主とする田舎の村々でも、夏祭りを疎かにする処はなかつた。だが、農村の祭りでは、夏は参詣が本位とせられてゐる様で、家族又は一人々々でぼつり／＼と参るのだ。此祭りに、つき物になつてゐるものがある。即、神輿又は長い棒を中心とする鉾・幣或は偶人である。此も秋祭りと入り紊れてゐるが、順序正しく言へば、夏のものである。

祇園の鉾は、山鉾と一口に言ふが、大別してやまとほことの二つの系統がある。そして山の方は、寧、秋祭りに曳くべき物であつた。祇園会成立に深く絡んだ御霊会《ゴリヤウヱ》(1)の立て物に、宮廷の大嘗の曳き物「標山」の形をとりこんだのであつた。

平安朝の初頭から見える事実は、まつりの用語例に、奏楽・演舞を条件に加へて来てゐるのである。

其程、祭礼と楽舞との関係が離されなくなつた。だから後には、まつるとあそぶとが同じ意義に使はれる事もあつた。とにかく、夏祭りのまつりと言はれる様になつたのは、夏神楽の発達から来てゐる。尚一面、祇園会が祭りの一つの型と見られる様になつた事実も一つの原因である。

神楽は、鎮魂祭のつき物で、古い形を考へると、大祓式(2)の一部でもあつた。其が、冬を本義とする処から、夏演奏する神楽と言ふ意を見せて、新しい発生なる事を示したのである。祓へや禊ぎは、鎮魂の前提と見るべきであつた。夏祓へは冬祓へから岐れて、遅れて発生した為、冬祓への条件を具へなかつた。ところが、冬祓へを形式視して、夏祓へを主とする事が時代を逐うて甚しくなつた。冬の祓へに行はれた神楽が、別の季の神事に分裂して行く。其と共に、神楽の一方の起原になつてゐる石清水八幡の仲秋の行事の楽舞を、夏祓へにとり越して、学んだ形があるのだ。

八月十五日に行ふ男山の放生会《ハウジヤウヱ》(3)は、禊ぎの式の習合せられたものであつた。其神楽を、夙くから行はれてゐた夏祓への行事にとりこむのは、自然な行き方である。まつりと神遊び・神楽との関係から、夏祓へは夏祭りと称せられる様になつた。陰陽道の勢力が、さうした形に信仰を移したのである。奈良末から平安初めに亘つて荒れた五所の御霊を、抑へるものとして、行疫・凶荒の神と謂はれるすさのをの命を憑《タノ》むやうになり、而も此に、本縁づける為、天部神の梵名を称へる事にして、牛頭天王、(4)地方によつては、武塔（答。本字）天神などゝ言うた。日本の陰陽道の、殊に、地方の方術者は、学問としては、此を仏典として修めた傾向があつて、特に、経典の中にも、天部に関する物、即、仏教の意義での「神道」の知識を拾ひ集めた形がある。日本の神道が、天部名になる外に、漢名を称した事もあつたはずである。世界最上の書たる仏乗に出た本名の威力は、どんな御霊でも、服従させる事が出来た。だから、祇園神の中央出現は、御霊・五所より遅れてゐる。障神・八衢彦・媛の祭りと、(5)御霊信仰とが一つになつて、御霊会が出来、盛んに媚び仕へを行うて、退散を乞うた。其勢力が、牛頭天王に移つて、讃歎の様式に改つて行つたのが、祇園会である。形こそ替れ、事実から見れば、夏祭りの疫病と蝗害とを祓へ去らうとしてゐる事は一つであり、又一つの祭礼が、主神を換へて行はれた形にもなつてゐる。蝗の害と流行病とを一続きに見てゐた平安時代の農民信仰が「花を鎮む」と書く鎮花祭によく似てゐる。

鎮花祭は、三月末の行事だが、此は夏祭りの部類に入るものである。やすらひ祭りとも言ふのは、其踊り歌の聯毎の末に、囃し詞「やすらへ。花や」をくり返すからだと言ふ。昔は、木の花を稲の花の象徴として、其早く散るのを、今年の稲の花の実にいる物の尠い兆と見たのだ。歌の文句も「ゆつくりせよ。花よ」と言ふ義で、桜に寄せて、稲を予祝するのである。其が、耕田の呪文と考へられて、蝗を生ぜしめまいとの用途を考へ出させた。田の稲虫から、又、其家主等の疫病を、直に聯想して、奈良以来、春・夏交叉期の疫病送りの踏歌類似のものと見做される様になつたのだ。此亦、祇園会成立後は、段々、意義を失ふ様になつて行つた。

かうした邪霊悪神に媚び仕へる行事も、稍古くからまつりと言はれてゐる。其は神霊に服従する義で、まつろふの用語例に近いものであつた。夏の祭りは、要するに、禊ぎの作法から出たもので、祭礼と認められ出したのは、平安朝以前には溯らない、新しいものなのである。御輿のお渡りが行はれたのは、夏祭りの中心であつて、水辺の、禊ぎに適した地に臨まれるのである。

広く行はれる御輿洗ひの式は、他の祭礼作法の混乱であるが、神試みて後、人各其瀬に禊ぐ信仰に基いたのであらう。鉾は祓へ串を捧げて、海川に棄てる行事の儀式化したものである。だから、尾張津島の祇園祭りの船渡りなども、祓へ串を水上のある地点まで搬ぶ形であつたのだ。此禊ぎから出た祭りに対して、勢力のあつた田植ゑの神事があるが、此は春祭りの側に言ふ。

二

秋の祭りは、誰もが直ぐ考へる通り、刈り上げの犒ひ祭りである。だが、実際の刈り上げ祭りは、正しくは、仲冬に這入つてから行はれるので、近代までもさうせられてゐる。秋祭りを今一つ狭めて言へば、先人たちも言うた通り、新嘗祭りであるが、此には、前提すべき条件が忘れられてゐる。伊勢両宮の、神自身、神としてきこしめす新嘗に限つた行事の延長なのである。諸国の荷前《ノサキ》の早稲の初穂は、九月上旬には納まつて了ひ、中旬になつて、まづ伊勢に献られ、両宮及び斎宮の喰べはじめられる行事となる。此地方化で、神嘗祭りの為に献つた荷前の残りの初穂を、地方の社々の神も試み喰べられたのが、秋祭りの起りである。早稲の新嘗を享ける神と、家々の新嘗に臨んで、家あるじと共に、おきつ・み・とし[6]の初穂の饗を享ける神とは、別殊のものと考へられて居たのではなからうか。越えてふた月、十一月中旬はじめて、当今主上近親の陵墓に、荷前《ノサキ》ノ使を遣し、初穂を捧げられる。此と殆ど同時に、天子の新嘗が行はれる。

奈良以前の東国では、新嘗が年に一度であつたと見られる。さうして、早稲を炊いで進めたらしい。家中の人は、家の巫女なる処女《ヲトメ》——処女の生活をある期間してゐた主婦又は氏女——を残して、別屋——新嘗屋となつた——又は屋敷の庭に出てゐる。かうして迎へられた神は、一夜を其巫女と共にする。遊女の古語だ、と謂はれた一夜づまは、かうした神秘の夜の神として来る神人及び家の処女との間に言ふ語《ことば》であつたのだ。

宮廷の神嘗祭りは、諸国の走りの穂を召した風が固定して、早稲を以てする事になつたので、古くは一度きりであつたのかも知れぬ。だが、文献で考へられる範囲では、早稲は神の為で、神嘗用であり、おきつ・み・としの初穂は、祈年祭・月次祭りに与る社々・皇親の尊長者の霊にも御料の外を頒たれる事になつてゐた。神嘗祭りの原義は、今年の稲作の前兆たる「ほ」を得て、祝福する穂祭りの変形であつて、刈り上げ祭りよりも早くからあつたものとは言はれない。此穂祭りが神社に盛んに行はれ、刈り上げ祭りは、一家の冬の行事となつたのであるらしい。

秋祭りの太鼓をめあてに、細道を行くと、落し水は堰路《キデ》にたぶついて、稲子《イナゴ》は雨の降る様に胸・腰・裾に飛びつく。はざはまだな処もあり、既に組み立られた田の畔もある。だがまだ、近い温泉町へ出かける相談などは、出来て居ないらしい。おちついた様で、ひと山、前に控へた小昼休みとでも言つた、安気になりきれない顔色の年よりが、うろついてゐる。若い男は、も一つ実の入る様に、ひと囃しくれべいとでも考へてか、ぶちも折れよと、太鼓を打つてゐる。よく〳〵県下の社でも特殊神事とせられてゐるのでなければ、冬も霜月・師走に入つて、刈り上げ祭りらしいものを行うてはゐない。若しあつても「お火焼《ホタケ》」や「夜神楽」「師走祓へ」の様な外見に包まれてゐる。

堂々たる祝詞や、トひを伴ふ宮廷風の穂祭りは、神社の行事になり、村の昔の、もつと古くから続いた刈り上げの新嘗は、家々の内々の行事となつて行つた。早稲を試食した後だから、別の方法をとる村々もあつた。餅・粢《シトギ》(8)・握り飯・餡流し飯・小豆米、色々と村の供物の伝承は、分れて行つた。正月に餅つかぬ家や村などがあり、歳晩の一夜を眠らぬ風も行はれた。皆、刈り上げ祭りの夜の供物や物忌みの行はれた痕跡である。大歳の夜の事になつてゐるのは、実際謂はれのある事で、刈り上げ祭りが、春待つ夜に行はれた事をも見せて居るのだ。だが、祭りの時間が長びき、又一続きの儀式の部分に、大切な意義を考へる様になると、段々日を別けてする様になるのは、当りまへであつた。

新嘗祭りの十一月には、古くて秘密の多かつたらしい鎮魂の神遊びが続いてある。十二月になつて、清暑堂の御神楽があり、おしつまつて大祓へ・節折《ヨヲ》りが行はれる。其夜ひき続いて、直日神の祭りから、四方拝とある外にも、今日では定めて行はれてゐない儀式が他にもあつたらしい。後には、元旦ではなくなつたが、歳旦の朝まつりごととして、まづ行はせられるはずの儀式が、拝賀であつた。

拝賀は臣下のする事で、天子は其に先だつて、元旦の詔旨を宣《ノ》り降されるのであつた。此時の天子の御資格が、神自身である事を忘れて、祭主と考へられ出したのは、奈良・藤原よりも、もつと古いことであらう。併し、天子は、此時遠くより来たまれびと神であり、高天原の神でもあつたのだ。さうして、現実の神の詔旨伝達者《ミコトモチ》の資格を脱却せられてゐる。元旦の詔旨を唱へられると共に、神自身になられるのである。其唱誦の為に上られる高座が、天上の至上神としての資格の来り附いた事を示すので、此が高御座であつた。そして、段々、大嘗祭りに限つた玉座の様に考へられて行つたのである。

大嘗祭りは、御世始めの新嘗祭りである。同時に、大嘗祭りの詔旨・即位式の詔旨が一つものであつた事を示してゐる。即位から次の初春迄は、天子物忌みの期間であつて、所謂まどこ・おふすま[9]を被つて、籠られるのである。春の前夜になつて、新しい日の御子誕生して、禊ぎをして後、宮廷に入る。さうして、まれびととしてのあるじを、神なる自分が、神主なる自身から享けられる。此が、大祓へでもあり、鎮魂でもあり、大嘗・新嘗でもある。さうして、高天原の神のみこともちたる時と、神自身となられる時との二様があるので、伝承の呪詞と御座とが、其を分けるのである。

即位元年は、実は、次の春であるべきであつた。大殿祭・祓への節《ヨ》折《ヲ》りに接して大嘗祭り、此に続いて鎮魂式、尚もひき続いて直日呪詞、夜が明けると共に、高御座ののりとが行はれる。此皆、天子自身の行事であつたのを、次第に忘れ、省き、天子のみこともちに委ねられる様になつた。四方拝、実は、高御座の詔旨唱誦であつたのだ。かうして、神自身であり、神の代理者であることが定まる。

此が御代の始めであつた。此呪詞は、毎年、初春毎にくり返された事は、令の規定を見ても知れるのである。此詔旨を宣り降される事は、年を始めに返し、人の齢も、殿の建て物もすべてを、去年のまゝに戻し、一転して最初の物にして了ふ。此までのゆきがゝりは、すべて無かつた昔になる。

即位式が、先帝崩御と共に行はれる様になり、大・新嘗祭りは、仲冬の刈り上げ直後の行事と変り、日の御子甦生の産湯なる禊ぎは道教化して、意義を転じ、元旦の拝賀は詔旨よりも、賀を受ける方を主とせられる様になつて行つた。でも、暦は幾度改つても、大晦日までを冬と考へ、元旦を初春とする言ひ方・思ひ方は続いてゐて「年のうちに、春は来にけり」(10)など言ふ、たわいもない様な興味が古今集の巻頭に据ゑられる文学動機となつたのも、此によるのだ。又、世直しの為、正月が盆から再はじまり、徳政が宣せられたりもした。後世の因明論理や儒者の常識を超越した社会現象は、皆、此即位又は元旦の詔旨（のりとの本体）の宣《ノ》り直《ナホ》す、と言ふ威力の信仰に基いてゐるのだ。

秋と言へば、七・八・九の三月中とする考へが、暦法採用以後、段々、養はれて来たが、十一月の新嘗の初穂を、頒けて上げようと言ふ風神との約束に「今年の秋《アキ》ノ祭《マツ》りに奉らむ……」と言つた用例を残してゐる。此祝詞は、奈良朝製作の部分が、まだ多く壊れないでゐるものと思へる。すると、秋祭りは刈り上げの祭りと言ふことになる。六月（月次祭）でも、九月（神嘗祭り）でも当らないから、此あきは、暦利用以前の秋に違ひなく、田為事の終る時期を斥す語であらう。新嘗・市・交易・饗宴、かうした事実が、此語を中心にして聯絡を持つてゐるのは、あきが刈り上げの祭りの期間を表すこともあつたらしく思はせる。私は、仮説として、条件つきの立願をねぐ、願果しをあくと言うたのではないかと考へてゐる。「秋祭りに奉らむ……」とあるのは「刈り上げの折のまつり」と言ふだけの事で、今の秋祭りに対しては、稍自由である。そして、こゝのまつりと言ふ語も、唯の祭典の義ではないらしい。

祭りの用語例は、二つあげたが、此は亦違つて、献上するの義である。たてまつる・おきまつる（奠）などのまつるで、神・霊に食物・着物其他をさしあげる事を表してゐる。先師三矢重松[11]博士は、此「献《マツ》る」を「祭る」の語原とする説を強められた。まづ今まで〻のまつりの語原論では、最上位のものである。師説を悟《モド》く様で、気術ないが、私はも少し先がある、と考へてゐる。

三

新嘗の意味の秋祭りの外に、秋に多い信仰行事は、相撲であり、水神祭りであり、魂祭りである。秋の初めから、九月の末に祭りを行ふ様な処までも、社々で、童相撲・若衆相撲などを催す。それは、宮廷の相撲節会《セチヱ》が七月だから、其を民間で模倣したと言ふことも出来ぬ。此を農村どうしの年占或は、作物競争と見る人もあらう。だが其よりも、不思議に、水神に関係してゐる事である。野見宿禰[12]を必、先、説く相撲は、「腰折れ田」の伝説から見ても、田の水に絡んでゐる。もつと古く溯ると、隼人の俳優《ワザヲギ》・相撲などの起原を説く海幸彦・山幸彦の争ひなどもさうで、水神と地霊との力比べを説く呪詞の、叙事詩化した物から出てゐるのである。水神に相撲の絡んでゐるのは、諏訪と鹿島両明神の力比べもさうであつて、海を越えて来た——天鳥船神が伴うてゐる——神を鹿島とし、地霊を諏訪として、神話化したのである。河童が相撲を好んで、人を見れば挑みかけるとしてゐる伝承も、基く所は古いのであつて、九州方の角力行事なども、妖怪化した水の侏儒[13]河童を対象にした川祭りが、大きな助勢をした様である。

そして、春祭りに行うた筈のが、五月の田遊びにも、七月の水神祭りにも、処々の勝手で、行ひ改められたのであらう。然るに、大凡、海から来る神の、川を溯つて、村々に臨む時期が、段々、きまつて来た。「夏と秋とゆきあひの早稲のほの〴〵と[14]」目につく頃である。かうして、年一度来る筈の、海の彼方のまれびと神が、度々来ねばならなくなり、中元を境にして、年を二つに分けて考へ、七月以後は春夏のくり返しと言ふ風の信仰が出て来た。此は、夏の禊ぎが盛んになつた為でゞもあつた。禊ぎには、まれびと神の来臨が伴ふものとしてゐた信仰からは、夏から秋への転化を、新しい年のはじまりと考へないでは居られなかつたのだ。

この時期は、仏家でも、盂蘭盆会を修する時である。歳の果から初春にかけて、海の彼方のまれびとが出て来、眷属となつてゐる数多の精霊も、其に随うて、村へ集る。村人の成年戒を受けて後死んだ者の魂は、皆、海の彼方の国——常世の国——に行つてゐて、それらが来るのである。で、年を元に戻し、春を齎す呪詞の神の来る行事が、夏の終りにも再、行はれる様になると、常世の精霊たちも、秋のはじめに今一度、人間の村を訪れる事になる。其が、盂蘭盆と一つに考へられると、秋の魂祭りとなる。此中元に来るまれびとの考へは、海邑から移つた山野の村の勢力の殖えた時代に、既に出てゐた。従つて、海に続いた川を遥かに溯つて来るもの、とせられる様になつた。

海岸に神を迎へた時代にも、地方によつては、此まれびとの為、一人、村から離れ住んで、海波の上に造り架けた様な、さずきともたなとも謂はれた仮屋の中で、機を織つてゐる巫女があつた。板挙《タナ》に設けた機屋の中に居る処女と言ふので、此を棚機《タナバタ》つ女《メ》と言うた。又弟たなばたとも言ふのは、神主の妹分であり、時としては、最高位の巫女の候補者である為でゞもあつた。此棚機つ女の生活は、早く、忘れられる時代が来た。でも、伝説化して、今までも残つてゐる。

したてる媛の歌と言ふ大歌夷曲《ヒナブリ》の「天《アメ》なるや弟たなばたの領《ウナ》がせる珠のみすまる……」（神代紀）など言ふ句の伝つたのも、水神の巫女の盛装した姿の記憶が出てゐるのだ。これが初秋であり、川水に関係がある上に、機織る女性にまづ迎へられる男性と言ふ、輪廓の大体合うた処から、七夕の織女・牽牛二星を奠《マツ》る行事といふ風に、殆ど完全に、習合せられて了うた。七夕の供へ物・立て物などを川へ流す外、川に棚や縄を懸けて、盆棚同様の供物をする処もある。又、害虫や睡魔を払ひ棄てる風俗さへ添うてゐる。此から見ると、水神祭りの形が、不自然な点の残らぬほど、星祭りに変つて行つても、やつぱりどこかに、古代の影は残つてゐたのだ。此水神祭りは、元々、夏祓へと同じものであつて、村や家に迎へる方は、盂蘭盆会に任せて了うて、水神迎へと禊ぎとの痕跡だけを、七夕の乞巧奠(15)に止めた。さうして、新しく水神祭りを始めて、灌漑の用水から、水死の防止などまでをも、委托する事になつたのである。

盂蘭盆会も、仏法種よりも、寧、古代信仰が多く残つてゐる様だ。飛鳥朝の末などの盂蘭盆の記録などの、異国臭いのと比べると、後代のは、よつぽど和臭を露骨にしてゐる。盆棚なども、仏家の式と言ふより、陰陽道を経て移つて行つた形なる事を見せてゐる。還つて来る精霊にも、尊者と従者或は無縁の霊などを分けてゐる。地方によつては、歳の夜から正月へかけて、戻つて来る聖霊の一群のあることを信じてゐて、其と歳棚へ来る歳徳神との間に区別を立てゝも居ない。「つれ〴〵草」には、東国の魂祭りの、大晦日の夜に行はれた印象を書いてゐる。だから、盆に戻る聖霊は、水神祭りの対象でもあり、夏祓へに臨むまれびとの一群でゞもあつたのだ。夏にも鎮魂の式は忘れられてゐなかつた。飛鳥朝宮廷にも既に行うた記録のある元旦拝賀の儀の中の、諸氏の奏寿は、鎮魂祭の分裂したものであり、室町あたりから書き物に見える七夕の翌日から盆の前日にまで亘つた、生御魂《イキミタマ》の「おめでた言《ゴト》」と一つ事であつた。親や親方・烏帽子親を拝みに行く式である。宮廷では、主上自身、上皇・皇太后を拝みに、朝覲行幸《テウキンギヤウカウ》を行はせられた。縁女・奉公人の藪入りも、上元・中元をめどとした親拝みの古風である。即、鎮魂の一様式でもあつた。

かうして見ると、秋祭りには、穂祭り・神嘗祭りの意義のものが多く、真の秋祭りとも言ふべき新嘗祭りは、段々、消えて行つた。さうして其上に、夏祭りと同根の、夏祓への分化した様式が、七夕節供や水神供となり、又祭りの余興としか考へられなくなつた相撲があり、すつかり見えの変つて了うたのが、盂蘭盆であり、何ともつかぬ年中行事となつたのが、盆礼の「おめでたごと」であつた。

から言ふ夏祓へと、穂祭りとを合体させたものが、住吉の宝の市の神輿渡御[16]であつた。桝を売るから、桝市とも言ふ。此方から見れば、秋祭りであるが、神輿洗ひや童相撲などから見ると、祓へであり、水神祭りでもある。而も、其数日後の九月尽に、神有月に参加せられるのを見送るのだと言ふが、此は恐らく、秋から冬への季の移り目の祓への考への上に、田の神上げの行事がとりこまれてゐるのらしい。秋の終りに、田の神を上げると言ふ考へは、田の行事は秋きりとした考へが、事実の上にまだ秋果てぬ十月でも、田の神は還るものと、言語の上だけで信じた為もある。穂祭りの秋祭りも、さうした秋冬に対する伝承上の限界が事実を規定して、新嘗のおとりこしなど言ふ考へさへ添うて来たのかも知れない。

冬の行事の、秋にとりこされる様な風習のあつた痕は段々見える。中には、冬の行事なるが故に、一月以前にくりあげて行ふ、と言ふ風までも出来たらしい。門徒宗では親鸞忌の報恩講を、一月くりあげて、十月に修して、此をおとりこしと言うてゐる。十一月の冬至を冬の果と見る様な考へも、この風を助成したであらう。が、新嘗や鎮魂祭が冬の極み、と言ふ考へも伝つてゐた為、十二月にあるべき事を十一月にとり越してゐる。月次祭りの変形らしい。京辺の大社の冬祭りは、大抵十一月の行事になつてゐた。除夜から元旦へかけての、春祭りであるはずの条件を備へた、春日若宮のおん祭りは、十一月の末に、田遊びや作物の祝言を執り行ふ。お火《ホ》焼《タ》きの神事は、正月十四日の左義長や、除夜にあつた祇園の柱焼きの年占などを兼ねた意味のものであつて、初春を意味する日の前日にするはずのものだ。だから、上元の前日や、節分の日や、大晦日の夜に行ふべきのが、十一月中の神事ときまつてゐた。

四

市はもと、冬に立つたもので、此日が山の神祭りであつた。山の神女が市神であつた。此が、何時からか、えびす神に替つて来、さうして、山の神に仕へる神女、即山の神と見なされたり、山姥と言ふ妖怪風の者と考へられたりしたのである。だから、年の暮れ、山の神が刈り上げ祭りに臨む日が、古式の市日であつた。此意味で、天満宮節分の鷽替《ウソカ》へ神事(17)などは、大晦日の市と同じ形を存してゐるのだ。其山の神祭りも、市神祭りの夷講も、十月にとり越されて居る。而も、冬祓への変形らしい誓文払ひは、夷講に附随してゐる。正月の十日夷も十四日或は除夜の転化した祭日で、富みを与へる外に、祓へてくれるものであつたので、此も、春待つ夜の行事であつた。其が、市神・山の神の祭りと共に、繰り上げられて、十月の内に行はれる様になつた。山の神の祠の火焼《ホタケ》は、やはり、十一月のお火焼き神事と一つものであつた。海から来る常世のまれびとが、やはり海の夷神に還元するまでは、山の神が代つて祓へをとり行うた。これは宮廷の大殿祭《オホトノホガヒ》や大祓へに、山人と認定出来る者の参加する事から知れる。山人は、山の神人であり、山の巫女が山姥となつて、市日には、市に出て舞うた。此が山姥舞である。

大和磯城郡穴師山は、水に縁なく見えるが、長谷川の一源頭で、水に関係が深かつた。穴師兵主神《ヒヤウズ》は、あちこちに分布したが、皆水に交渉が深い。山人の携へて来るものが、山づとと呼ばれて、市日に里人と交易せられた。山蘰《ヤマカヅラ》として、祓へのしるしになる寄生木《ホヨ》・栢《カヘ》・ひかげ・裏白の葉などがあり、採り物として、けづり花（鶯や粟穂・稗穂・けづりかけとなる）・杖などがあつた。柳田先生の考へによれば、採り物のひさごも、山人のは、杓子であつた。山人といふ語は、仙と言ふ漢字を訓じた頃から、混乱が激しくなる。大体、其以前から、山人は山の神其ものか、里の若者が仮装したのか、わからなかつた。平安の宮廷・大社に来る山人は、下級神人の姿をやつしたものと言ふ事が知れてゐた。

あしびきの 山に行きけむやまびとの心も知らず。やまびとや、誰（舎人親王――万葉巻二十）

この歌では、元正天皇がやまびとであり、同時に山郷山村《フレ》（添上郡）の住民が、奈良宮廷の祭りに来るやまびとであつた。この二つの異義同音の語に興味を持つたのだ。仙はやまびととも訓ずるが、「いろは字類抄」にはいきぼとけとも訓んでゐる。いきぼとけの方が上皇で、山の神人の方が、山村の山の神であり、山人でもある村人であつた。

あしびきの山村《ヤマ》行きしかば、山人の我に得しめし山づとぞ。これ（太上天皇――万葉巻二十）

此が、本の歌になつた天皇の作である。これにも、語の幻の重りあうたのを喜んで居られるのが見える。山人を仙人にとりなして「命を延べてくれるやまびとの住む山村へ行つた時に、やまびとが出て来て、おれに授けた、山の贈り物だ。これが」と言ひ出された興味は、今でも訣る。

高市・磯城の野に都のあつた間は、穴師山の神人が来、奈良へ遷つてからは、山村から来る事になつたらしい。この山人が、次第に空想化して、山の神・山の精霊・山の怪物と感じられる様にもなつたのだ。穴師の神人は山人でありながら、諸国に布教して歩いた。それを見ると、里と交通の絶えた者どもでもなかつたのである。唯、市日と、宮廷・豪家の祓へに臨む時だけは、山蘰を捲き、恐らく、からだ中も、山の草木で掩うてゐた事があるのだらう。

山城京になると、山人は、日吉(18)から来たのらしい。三輪を圧へる穴師が、三輪山の上にあつた様に、加茂を制する為の山の神は、高く聳える日吉の神でなければならなかつた。だから、はじめは、山人も比叡の神人の役であつたらう。而も、此が媚び仕へることによつて、神慮を柔げるものとしたのだ。加茂にも、平野にも、山人が祭りに出たのは、媚び仕への形である。松尾が日吉と同じ神とせられてゐるのは、平野が大倭神であり、加茂が三輪系統のあぢすきたかひこねの命としての伝へもあつたからであらう。日吉の神人は、松尾の社に近く住んで居たらしく、桂の里との関係も、考へられぬではない。

加茂祭りの両蘰《モロカヅラ》は、葵と桂とであつた。だから、平安京の山人は、簡単な姿をしてゐたのであらう。そして、其祓へがすんで、神のかげを受けるもの丶しるしとして、山づとの両蘰をくばつて歩いたのであらう。神になつた扮装の、極度に形式化したものが、蘰で頭を捲いたのだ。其が更に、物忌みの徽章化したのが両蘰の類で、標《シ》め縄・標め串と違はぬ物になつたのである。冬の祭りは、まづ鎮魂であり、又、禊ぎから出たものである。春祭りのとりこしもあるが、冬の月次祭出のものもあり、新室ほかひ(19)に属するものもある。第一にきめてか丶らねばならぬのは「ふゆ」といふ語の古い意義である。「秋」が古くは、刈り上げ前後の、短い楽しい時間を言うたらしかつたと同様に、ふゆも極めて僅かな時間を言うてゐたらしいのである。先輩もふゆは「殖ゆ」だと言ひ、鎮魂即みたまふりのふると同じ語だとして、御魂が殖えるのだとし、威霊の信頼すべき力をみたまのふゆと言ふのだとしてゐる。即、威霊の増殖と解してゐるのである。触るか、殖ゆか、栄《ハ》ゆか。古い文献にも、既に、知れなかつたに違ひない。

誉田の日の皇子　大雀《オホサヽギ》　おほさゝぎ、佩かせる太刀。本つるぎ　末《スヱ》ふゆ。冬木のす　枯《カラ》が下樹《シタキ》の　さや〳〵（応神記）

たゞ、此国栖《クズ》歌で見ると、所謂国栖ノ奏の意義が知れる。此は、国栖人のする奏寿で、鎮魂の一方式なのだ。此太刀は常用の物でなく、鎮魂の為の神宝なので、石ノ上の鎮魂の秘器なる布留の御霊の様に、幾叉にも尖が岐れて居た。劔と言うたのは、両刃《モロハ》を示すので、太刀の総名であり、根本は両刃の劔の形である。尖の方では、分岐して幾つにもなつてゐる。かう言つて来て、祓へに使ふ採り物の木の方に移るのだ。

枯野《カラヌ》を塩に焼き、其《シ》があまり琴に作り、かきひくや 由良の門《ト》の門中《トナカ》の岩礁《イクリ》に ふれたつ
なづの木の。さや／＼ （仁徳記）

と言ふのも、実は国栖歌の同類である。恐らくは、謡ひ納《ヲサ》めの末歌ではなからうか。ふゆきと言ふのは、冬木ではなく、寄生《ホヨ》と言はれるやどり木の事であらう。「寄生木《フユキ》のよ。其」と言ひつゞけて、本末から幹《カラ》の聯想をして「其やどつた木の岐れの太枝《カラ》の陰の（寄生）木のよ。うちふるふ音のさや／＼とする、この通り、御身・御命の、さつぱりとすこやかにましまさう」と言ひつゞけて、からがしたきからからぬを起して、しまひに、採り物のなづの木の音のさや／＼に落して行つたのだ。枯野を舟の名とする古伝承は疑はしい。

此「なづの木よ。いづれのなづぞ。」かう言ふ風な言ひ方で「幹《カラ》ぬよ。其木の幹を海渚に持ち出で焼き、禊ぎさせる今。此弾く琴も、其幹のづぬけた部分で作り、かう掻きひくところの、音のゆら／＼でないが、由良の海峡《セト》の迫門《ト》中《ナカ》のよ。其岩礁に物が触れるではないが、御身に触れ撫でようと設けた此なづの木の、御衣にふれる音よ。そのさや／＼と栄えましまさう。」かう言つた風に、天子の呪力から、自分の採り物として頭にかざした寄生木に寄せ、又撫で物として節折りに用ゐたなづの木――恐らくなすの木で、聖木つげの類のいすの木（ひよんともいふ）――に寄せて行く間に、建て物の祝言として、き（木）を繰り返し、鎮魂関係の縁語ふゆ・さや／＼・潮水《シホ》・琴・ゆら・ふる・なづなどを、無意識ながらとりこんでゐるのである。寄生木は、外国でもさうである如く、我国でも、神聖な植物としてゐた。

　あしびきの山の木末《コヌレ》のほよとりて、かざしつらくは、千年祝《ホ》ぐとぞ（万葉巻十八）

家持の歌である。此木を鈿《ウズ》に挿して、正月の祝福をしたのであつた。此は、山人のするやまかげ・やまかづらの一つだつたのである。ほよともふゆとも言うたからの懸け詞で、なづと撫づとをかけたと等しい。ふゆに、殖ゆは勿論触るを兼ねて、密着《フル》の意をも持つてゐるのだ。鎮魂式には、外来の威霊が新しい力で、身につき直すと考へた。其が、展開して、幾つに分裂《フヤ》しても本の威力は減少せない、と言ふ信仰が出来た。

鎮魂式に先だつ祓への後に、旧霊魂の穢れをうつした衣を、祓への人々に与へられた。此風から出て、此衣についたものを穢れと見ないで、分裂した魂と考へる様になつた。だから、平安朝には、歳暮に衣配《キヌクバ》りの風が行はれた。春衣を与へると言ふのは、後の理会で、魂を頒ち与へるつもりだつたのである。即みたまのふゆの信仰である。この場合のふゆは殖ゆなどの動詞ではなく、語根体言であつて、「分裂物」などの意であるが、かうした言語の成立は、類例が少い。語頭に来る語根体言はあつても、語尾に来るものは珍らしい。

此は、此語が極めて長く、呪詞・叙事詩の上に伝承せられてゐた事を示してゐるのだ。霊の分裂を持つことは、後代の考へ方では、本霊の持ち主の護りを受ける事になる。其で、恩賚など言ふ字をみたまのふゆと読むやうになり、加護から更に、眷顧を意味する事にもなつた。給ふ・賜はる・みたまたまふなど言ふ語さへも、霊の分裂の信仰から生れた。みたまのふゆと言ふ語は、鎮魂の呪詞から出たものであらうが、其用途は次第に分岐して行つたらしい。数主並叙法とも言ふべき発想法をしてゐる。家の祝言が、同時に、家あるじの生命・健康の祝福であり、同時にまた、家財増殖を願ふ事にも当る。時としては、新婚の夫婦の仲の遂げる様、子の生み殖える様に、との希望を予祝する目的にも叶ふのであつた。此みたまのふゆの現れる鎮魂の期間が、ふゆまつりと考へられたのであらう。そして、ふゆだけが分離して、刈り上げの後から春までの間を言ふ様になり、刈り上げと鎮魂・大晦日との関係が、次第に薄くなつて行つて、間隔が出来た為、冬の観念の基礎が替つて行つた。そして暦の示す三个月の冬季を、あまり長過ぎるとも感じなくなつたと見える。

五

私はもう春まつりの事に、多少触れて来た。こゝらでまつりの原義を説いて、此文章を結びたいと思ふ。霊魂の分裂信仰よりも、早く性格移入を信じてゐた古代人は、呪詞を威力化する呪詞神の霊力が、呪詞を唱誦する人に移入して、呪詞神其ものとする、とした事は言うた。神の希望は、人間には命令であり、規定であつた。此神意を宣《ノ》る呪詞を具体化するのは、唯伝達し、執行するだけであつた。神の呪力は、人を待たずとも、効果を表すが、併し、其伝誦を誤ると、大事である。だから、御言伝宣者《ミコトモチ》は、選ばれなくてはならなかつた。まつるの語根まつは、期待の義に多く用ゐられるが、もつと強く期する心である。焦心を示す義すらあつた。神慮の表現せられる事が「守《マ》つ」であつた。卜象をまちと言ふのも、其為である。神慮・神命の現れるまでの心をまつと言ふまち酒などは、それである。単なる待酒・兆酒ではなかつた。

まつを原義のまゝで、語根として変化させると、まつる・またすと言ふ二つの語が出来た。まつるは神意を宣る事である。そして、神自身宣するのでなく、伝宣する意義であつたらしい。「少御神《スクナミカミ》の、神寿《カムホ》きほきくるほし、豊寿《トヨホ》きほき旋廻《モトホ》し、麻都理許斯御酒《マツリコシミキ》ぞ」（仲哀記）とあるのを見ると、少彦名神が、呪詞神の酒ほかひの詞を、神寿き豊寿きに、ほき乱舞し、ほき旋転あそばされて、宣《マツ》りつゞけて出来た御酒ぞと言ふのか、少彦名のはじめた呪詞を、神人がほき宣《マツ》り続けて、作られた御酒ぞ、ともとれる。どちらにしても、こゝのまつるは、少彦名自身が、自分の呪詞を自ら宣《マツ》られたり、献り来られた御酒だとは言へない。併し、まつるに呪詞を唱へると言ふ義のあることは知れる。またすは、伝宣せしめるので、神の側の事である。神意を伝宣し、具象せしめにやることである。其が広く遣・使などに当る用語例に拡がつた。

だから、第一義のまつりは、呪詞・詔旨を唱誦する儀式であつたことになる。第二義は、神意を具象する為に、呪詞の意を体して奉仕することである。更に転じては、神意の現実化した事を覆奏する義にもなつた。此意義のものが、古いまつりには多かつた。前の方殊に第二は、まつりごとと言ふ側になつて来る。其が偏つて行つて、神の食国《ヲスクニ》のまつりごとの完全になつた事を言ふ覆奏《マツリ》が盛んになつた。此は神嘗祭りである。

其以下のまつりは、既に説いて了うた。かうして、春まつりから冬まつりが岐れ、冬まつりの前提が秋まつりを分岐した。更に、陰陽道が神道を習合しきつて後は、冬祓へより夏祓へが盛んになり、其から夏まつりが発生した。さうして、近代最盛んな夏祭りは、実は、すべての祭りの前提として行はれた祓への、変形に過ぎなかつたのである。

此が、祭りについての大づかみな話である。


（一九二七年 四〇歳）

我々には、まつりとこと（おこと・おんこと）といふことは、全然違ふものとも考へられ、同じに感じられる場合もある。普通には、「おんことはじめ」「ことはじめ」といふことが、年の暮れと、年の始めとにある。「まつり」と「こと」といふことには、簡単な区別が出来る。

「こと」は、広い意味での神事である。一軒の家に関しての神事であつたのが、一軒の家を超越して、範囲が広く及んで行つたものが、「まつり」と呼びならされて来たやうである。だから、近代まで一家の祭事をまつりなどゝは申さない。如何に神事でも、「公」と「私」とを分つたのである。我々のやうに、くらしつくな学問をしてゐる者は、時代を古く溯つて考へすぎる嫌ひがないでもない。併し、昔の公の「まつり」を持つて来て、一家一族の神事を説くのは勿体ない。だから、くらしつくな学問をすぐさま、民俗の説明に使はうとは思はない。

「まつり」と「こと」とは、いづれは複雑な関係を持つてゐるに違ひない。「まつり」と言へば、我々にわかりいゝのが現状である。「こと」と謂つては、殆どわからなくなつてゐる現状である。

一体、日本の土地は、かくの如く長い地形の国であるから、農村の労役も、南と北とでは同じには出来ない。なるべく一致させようとする心はあつても、等しく種井《タナヰ》を行ひ、播種し、苗代・田植ゑは行はれない。そこをやはり、一致させてしようと民間で考へるから、時季に無理のある行事もないではない。その時季と、「まつり」や行事の意味とが適当しないことがある。長細い版図の上には、殆ど二度も米のとれるところや、うつかりすれば、一度もとれないやうな寒冷なところもある。それを、同じ時に種を下し、田を植ゑ、刈上げをするといふことは、実はむづかしい。自然に、それに伴つた行事の日取りがにじつて来ねばならない。

大体、昔から日本人は、暦を幾つも〳〵替へ〳〵して来てゐる。それ〴〵の暦法によつて、労作の時季を決めてゐた。後世から見れば、暦法が一段と共通になつて来た。而も旧暦と新暦と併立して用ゐられ、又一月送り暦すらある。併し大体に標準が立つてゐる。新暦で見ると、かけ離れた時季に行はれてゐるものでも、昔なら、自然に変化して来るわけである。併し、行事は暦が左右するのではなく、暦と自然と行事との間に、一致したり矛盾したりすることがあつたに違ひない。この矛盾を調和しようとする気持と、年中行事の時季との関係が考へられねばならない。さうでなくては、農村々々の行事の日どりの区々なることの説明がつかない。中部日本では、大抵、種下し・田植ゑ・刈上げの時季は大して違はない。まづ、田の神様の待遇行事を観察して行けば、年中行事の出発点がつくれると思ふ。

田の神様は、刈上げの時に田を上つて来て、種下しの時に田へ下りられる――普通その前後になつてゐる。ところが、田の神が田へ下りる時季、或は田から上つて来られる時季に、やはり違ひがある。普通は二月と十月であるが、田を上つて来られる時季が、そんなに違ふわけがないと思ふのであるが、中には旧暦十一月頃(新暦十二月)に上るといふところがある。例へば、能登の国の奥能登地方へ行くと、田の神の祭りを厳重に行つてゐる。古い家ではめい〳〵にしてゐる。古い家でするといふ事は、昔、大きな家が持つてゐたといふ「こと」が、其以下の家々に拡つて行つた事を意味するのである。奥能登では、旧暦十二月五日になつてゐる。小寺廉吉[1]さんが、「奥能登の田の神行事」といふ研究を書いてゐられる。一つの家では、田から上つて来る神を、主人がお迎へする。「風呂に這入つて下さい」とまづ入浴をすゝめる。そして座敷へ案内申しあげてお祭りをする。「まつり」にも様式があつて、村々の旧家々々で多少違ふやうであるが、大同小異のものである。ほんたうは違はない。さういふ風にして迎へた田の神が、その家のお客になつて、春まで居ついて貰ふところもあり、又ことの後、山へ登られるに任せるところもある。広く信じられてゐるところでは、冬は山の神になり、春からは田の神になつて下りて来られる。さうして、米が出来ると、山へ登つて行かれる。から考へて居る。

種下しと刈上げの二度の一家の祭りのことを「あひのこと」と言つてゐる。

旧暦の十二月五日といふやうな時分に、なぜ祭りをするか——あまりに遅れ過ぎてゐる。この時分に刈上げをする気づかひはない。刈上げと刈上げ祭りとが離れて来たといふことは、どうしても考へなければならないことである。刈上げ祭りと、冬の祭りといふ時季とは離れてゐない。冬の祭りは刈上げ祭りと同時に、或は引続いて行はれる。

枕詞で見ると、「み雪ふる安騎の大野に……」――「あき」のところに雪が降る――古代人がいくら散漫に言つたとしても、さう言ふわけがない。これは「秋」といふ時季が変つて来てゐるからである。普通秋と言へば、旧暦ならば、七月から九月いつぱい、新暦で言へば、一月遅くなるといふ風に考へてゐる。春夏秋冬といふものが、一年を三ヶ月づゝ四つに分けてあつて、七月から九月の節を秋と見てゐるわけであるが、昔からさうであつたとは信ぜられぬ。

日本人には、「秋」といふのが刈上げ祭りの饗宴《ウタゲ》の時で、沢山ものを食べる。秋祭りの行はれるその時季が、「秋」と言はれたわけで、秋祭りの時季がだん〳〵延長して行つて、冬の領分に這入つて行くわけである。だから、「み雪ふる秋……」といふ詞も言はれて来るわけである。これはあながち、刈上げ祭りを行ふ頃に雪が降る――といふ事が条件ではなく、たま〳〵さうした状景を饗宴の席で即、目に見て、誰かゞ即興に言つたことが、「秋」の枕詞になつて来たのであらう。

「刈上げ祭り」が、「秋」といふことは受け取り易い。常識から言へば、秋よりは遅れて、冬の領分に這入つてしまふ。「刈上げ祭り」といふものをば、冬に行ふことも訣る。刈上げも済み、すべての始末が済んでの後に、田の神の祭りをしても不都合がなくなる。田の神祭りは、中央でも行ふが、地方は地方々々で、一族一家の私祭として行ふのが当然である。だから、ことの一種である。

（一九三八年 五一歳）

山のことぶれ

一　山を訪れる人々

明ければ、去年の正月である。初春の月半ばは、信濃・三河の境山のひどい寒村のあちこちに、過したことであつた。幾すぢかの谿を行きつめた山の入りから、更に、うなじを反らして見あげる様な、岨《ソバ》の鼻などに、さう言ふ村々はあつた。殊に山陽《カゲトモ》の丘根《ヲネ》の裾を占めて散らばつた、三河側の山家は寂しかつた。峠などからふり顧《カヘ》ると、必、うしろの枯れ芝山に、ひなたと陰とをくつきり照しわける、早春の日があたつて居た。花に縁遠い日ざしも、時としては、二三の茅屋根に陽炎《カゲロフ》をひらつかせることもあつた。気疎《ケウト》い顔に、まぢ〳〵と日を暮す、日なたぼこりの年よりの姿が、目の先に来る。其は譬喩《タトヘ》ではなかつた。豊橋や岡崎から十四五里も奥には、もう、かうした今川も徳川も長沢・大久保も知らずに、長い日なたのまどろみを続けて来た村があるのだ。

青やかな楚枝《ズハエ》に、苔の梅が色めいて来ると、知多院内の万歳が、山の向うの上国《ジヤウコク》の檀那親方を祝《ホ》き廻るついでに、かうした隠れ里へも、お初穂を稼ぎに寄つた。山坂に馴れた津島天王の神人も、馬に縁ない奥在所として択り好みをして、立ち廻らない処もあつた。

日本人を寂しがらせる為に生れて来たやうな芭蕉も、江戸を一足踏み出すと、もう大仰に人懐しがつて居る。奥州出羽の大山越えに、魄落すまでの寂寥を感じた。人生を黄昏化するが理想の鏡花(1)外史が、孤影蕭条たる高野聖の俤をぽつゝり浮べた天生の飛騨道も、謂はゞ国と国とを繋ぐ道路の幹線である。雲端に霾《ツチフ》る、と桃青(2)居士の誇張した岩が根道も、追ひ剝ぎの出るに値する位は、人通りもあつたのである。

鶏犬の遠音を、里あるしるしとした詩人も、実は、浮世知らずであつた。其口癖文句にも勘定に入れて居ない用途の為に、乏しい村人の喰ひ分を裾分けられた家畜が、斗鶏《トケイ》や寝ずの番以外に、山の生活を刺戟して居た。

私は、遠州奥山の京丸を訪れた時の気分を思ひ出して見た。村から半道も、木馬路《キンマミチ》を上つて、一つ家に訪ねた故老などの、外出《ヨソデ》還りを待つ間の渋茶が促した、心のやすらひから。京丸なども、もう実は、わざ〳〵見物に行く値打はない程開けて居た。

駿・遠の二州の源遠い大河の末の、駅路と交叉したあたりには、ほんとうは大昔から山の不思議が語られて居た。武家の世渡りに落伍した非御家人《ヒゴケニン》の、平野を控へた館の生活を捨てゝからの行動が、其とてつもなく古い伝説の実証に、挙げられる様になつて行つた。

飛驒・肥後・阿波其他早耳の琵琶坊《ボサマ》も、足まめな万歳も、聴き知らぬ遠山陰の親方・子方の村が、峯谷隔てた里村の物資に憧れ出す時が来た。其は、地方の領家《リヤウケ》の勢力下から逃げこんだ家の由緒を、完全に忘れ果てゝからであつた。其昔《カミ》から持ち伝へた口立ての系図には、利仁・良文や所縁《ツガ》もない御子《ミコ》様などを、元祖と立てゝゐた。其上、平家・盛衰記を端山の村まで弾きに来る琵琶房主があつた。時には、さうした座頭の房《ボン》を、手舁き足舁き連れこんで、隠れ里に撥音を響かせて貰うたりもした。山彦も木精《コダマ》もあきれて、唯、耳を澄してゐる。さうした山の幾夜が偲ばれる。日が過ぎて、山の土産をうんと背負はされた房様《ボサマ》が、奥山からはふり出された様な姿で山口の村へ転げ込んで、口は動かず、目は蠣の様に見つめたきりになつて居たりする。

山人の好奇《モノメデ》に拐された座頭が、いつか、山の岩屋の隠れ里から、隠れ座頭がやつて来る、など言ふ話を生んだのであらう。

さうした出来心から降つて湧いた歴史知識が、村の伝へに元祖と言ふ御子様や、何大将軍《ダイシヤウグン》とかもすれば、何天子や某の宮、其おつきの都の御大身であつたかと、村の系図の通称や官名ばかりの人々のほんとうの名が知れて、山の歴史はまともに明りを受けた。焼畑《コバ》や岩地《ソネ》うつたつきも、張り合ひがついて来る。盲僧の軍記語りの筋は、山にも里にも縁のなくなつたずつとの昔の、とつとの遠国《ヲンゴク》の事実と聞きとる習慣があつたのなら、かうした事は日本国中の山家と言ふ山家に起る筈がなかつたのである。

日本の国のまだ出来ぬ村々の君々の時代から、歴史物語は、神だけに語る資格が考へられてゐた。

神が現れて、自身には人の口を託《カ》りて語り出す叙事詩《モノガタリ》は、必その村その国の歴史と信じられて来た。国々の語部《カタリベ》の昔から、国邑の神人の淪落して、祝言職《ホカヒ》となり、陰陽師《オンミヤウジ》の配下となつて、唱門師《シヨモジン》・千秋万歳《センズマンザイ》・猿楽の類になり降つても、其筋がゝつた物語は、神の口移しの歴史で、今語られてゐる土地の歴史と言ふ考へ方は、忘れられきつては居なかつた。盲僧や盲女《ゴゼ》の、神寄せの後に語り出す問はず語りの文句も、さうした心持ちから受け入れられたのである。京・鎌倉の公家・武家の物語も、結局は、山在所の由来として聴かれたのも道理である。だから此入《イリ》訣《ワケ》も呑み込まないで、むやみと奥在所の由緒書きを、故意から出た山人のほら話と、きめてかゝつてはならないのである。

二　常世神迎へ

こんな話は、山家ばかりで言ふ事ではなかつた。京一巡《ジュン》、「梯子や打ち盤」触り売つて戻つても、まだ冬の薄日の残つて居る郊外の村に居ながら、「昔は源氏の武士の目をよけて」と隠れ住んだ貴人の、膚濃やかに、力業に堪へなんだ俤を説く、歯つ欠け婆ばかりの出て来る在所さへある。だから、非御家人としての冷遇に居たゝまらずなつた前からあつた、若い御子と其後見衆《オトナシュ》を始めとする系図は、実は、日本一円の古い村々に、持ち伝へられた所の草分けの歴史であつたと言へる。

若く弱《アエ》かな神が、遥かな神の都からさすらうて村に来た。其を斎うたのが村の賓客の初めで、旅にやつれた御子をいたはつたのが、元は村の神主で、村の親方の家の先祖と説く神話が、前の様な歴史を語らぬ、一方の村々に行はれてゐる。恐らく今三四百年も以前には、此を語らぬ村とては、禁裡・幕府のお蔭も知らぬ山家・海隈に到るまで、六十余州の中にはなかつたであらう。

此は日本国の元祖の村々が、海岸に篷屋《トマ》を連ねた大昔からあつた神の故事である。幼い神が海のかなたの常世の国から、うつかり紛れて、此土に漂ひ寄る。此を拾ひあげた人の娘が育《ハグク》みあげて、成人させて後、其嫁となつて生んだのが、村の元祖で、若い神には御子であり、常世の母神《オヤガミ》には御孫《ミマ》の御子だと考へられた。さうした伝へが村々に伝へられて居る中に、色々に変化して行つた。旅の疲れで死んだとも言ふ。村の創立後遥かの後の事実で、村の大家のある代の主人に拾はれて、其家に今の様な富みを与へて後、棄てられたとも言うてゐる。此若い男御子が、処女神に替つて居る処もあつた。平野で止つた村には、野に適《フサ》はしい変化が伴ひ、山の盆地に国を構へた地方では、山の臭ひをこめた物語に変つて行つた。常世の若神を懐き守りした娘の話が、山国に限つては、きつと忘れられなかつたばかりでない。言ひ合した様に、殆ど永久と言ふ程生きてゐた姥御前《ウバゴゼ》の白髪姿に変つて居た。此だけが、海の村と山の村との、生活様式から来た信仰の変化を語るものである。

常世の国からは、ゆくりなく流れ寄る若神の外に、毎年きまつて来る神及び其一行があつた。初めは初春だけ、後に至る程臨時の訪れの数が増した。其来臨の稀なるが故に、此をまれびとと称へてゐた。此神の一行こそ、わりこんで村を占めた、其土地の先住者なる精霊たちの悩まし・嫉みから、村を救うてくれる唯一の救ひ主であつた。

此常世神の一行が、春毎の遠世浪《トコヨナミ》に揺られて、村々に訪れて、村を囲む庶物の精霊を圧へ、村の平安の誓約《ウケヒ》をさせて行つた記憶が、山国に移ると変つて来た。常世神に圧へ鎮められる精霊は、多くは、野の精霊《スダマ》・山の精霊《コダマ》であつた。其代表者として山の精霊が考へられ、後に、山の神と称せられた。山の神と常世神とが行き値うての争ひや誓ひの神事演劇《ワザヲギ》が初春毎に行はれた。村の守り神が其時する事は、呪言を唱へることであり、村の土地・家々の屋敷を踏み鎮めることであつた。さうしてわざをぎをするのが、劫初から恐らく罔極(3)の後へかけて行はれるものとの予期で、繰り返された村の春の年中行事であつた。

青垣山にとり囲まれた平原などに、村国を構へる様になると、常世神の記憶は次第に薄れて行つて、此に替るものが亡くなつた。さうして山の神が次第に尊ばれて来て、常世神の性格が授けられて来る。常世及び其神の純な部分からは、高天原並びに其処に住む天つ神の考へが出て来た。村人と交渉深い春の初めの祝福と土地鎮め、村君・国主の健康を寿ぐ方面の為事は、山の神が替つてすることになつた。つまり山の神と村人との間の感情が、以前よりは、申し合せのつきさうな理会ある程度まで、柔らいで来たのだ。村の生活を基礎とした国の生活、其中心なる宮廷、古く溯る程、神を迎へ神を祭る場所と言ふ義の明らかに見える祭りの場所《ニハ》としての宮廷にも、春の訪れに来向ふ者は、常世神でなく、山の神となつた。初春ばかりか、宮廷の祭り日や、祓への日などには、きつと、かはたれ時の御門《ミカド》におとなひの響きを立てた。村々の社々にも、やはり時々、山の神が祭りの中心となつて、呪言を唱へ、反閇《ヘンバイ》(4)を踏み、わざをぎの振り事、即神遊びを勤めに来た。

さうした祭り日に、神を待ち迎へる、村の娘の寄り合うて、神を接待《イツ》く場所《ニハ》が用意せられた。

神の接待場《イチニハ》だから、いちと言はれて、こゝに日本の市の起原は開かれた。山の神は、勿論、里の成年戒を受けた後の浄い若者の扮装姿《ヤツシ》であつた様に。後、漸く山の主神に仕へる処女を定めて、一人野山に別居させる様になつて、野ノ宮《ノミヤ》の起りとなつた。山の神に仕へる巫女が、野ノ宮に居て、祭り日には神に代つて来る様にもなつた。山の神は里の神人の一時の仮装ではあるが、山の神の信仰が高まつて、山の主神の為に、山の嫁御寮《ヨメゴリヨ》が進められたのである。

祭り日の市場《イチ》には、村人たちは沢山の供へ物を用意して、山の神の群行或は山姥の里降りを待ち構へた。山の神・山姥の舞踊《アソビ》の採《ト》り物《モノ》や、身につけたかづら・かざしが、神上げの際には分けられた。此を乞ひ取る人が争うて交換を願ふ為に、供へ物に善美を尽す様になつた。此山の土産は祝福せられた物の標《シルシ》であつて、山人の山づと(5)は此である。此が、歌垣が市場で行はれ、市が物を交易する場所となつて行く由来である。さうして、山人・山姥が里の市日に来て、無言で物を求めて去つた、と言ふ伝説の源でもある。其時の山づとを我勝ちに奪ひ合ふ風が、後のうそかへ神事などの根柢をなしてゐ、又、祭りの舞人の花笠などを剝ぎ取る風をも生み出したのである。

山づとは何なに。山の蔓草や羊歯の葉の山縵《ヤマカヅラ》や、「あしびきの山の木梢《コヌレ》」から取つたといふ寄生木《ホヨ》の頭飾《カザシ》や、山の立ち木の皮を剝いで削り掛けた造り花などであつた。かうして易《カ》へられた山づとは、初春の家の門や、家内に懸けられた。牀柱には山かづら、戸口や調度に到るまで、山へ行つた様に見せる山草、軒に削り掛け、座敷に垂す繭玉・餅花・若木《ワカギ》の作枝《ツクリエダ》が、古くして新しい年の始めの喜びを衝昂《コミア》げて来るのも、其因縁が久しいのだ。

此三州の山家の門松は、東京などのとは違つて居た。さう言へば、歳神なども常世神や先祖のみ霊に近づいた考へで、祀られて居た。さう云ふ話に這入らない中に、春の初めの此「言ひ立《イタ》て」も、めでたく申しをさめねばならなくなつた。「たう〳〵たらり」長々しいことを何より先にする言祝《コトホ》ぎの言ひ癖が出たと思うて、読者に於ても、初笑ひを催して頂きませう。

（一九二七年　四〇歳）

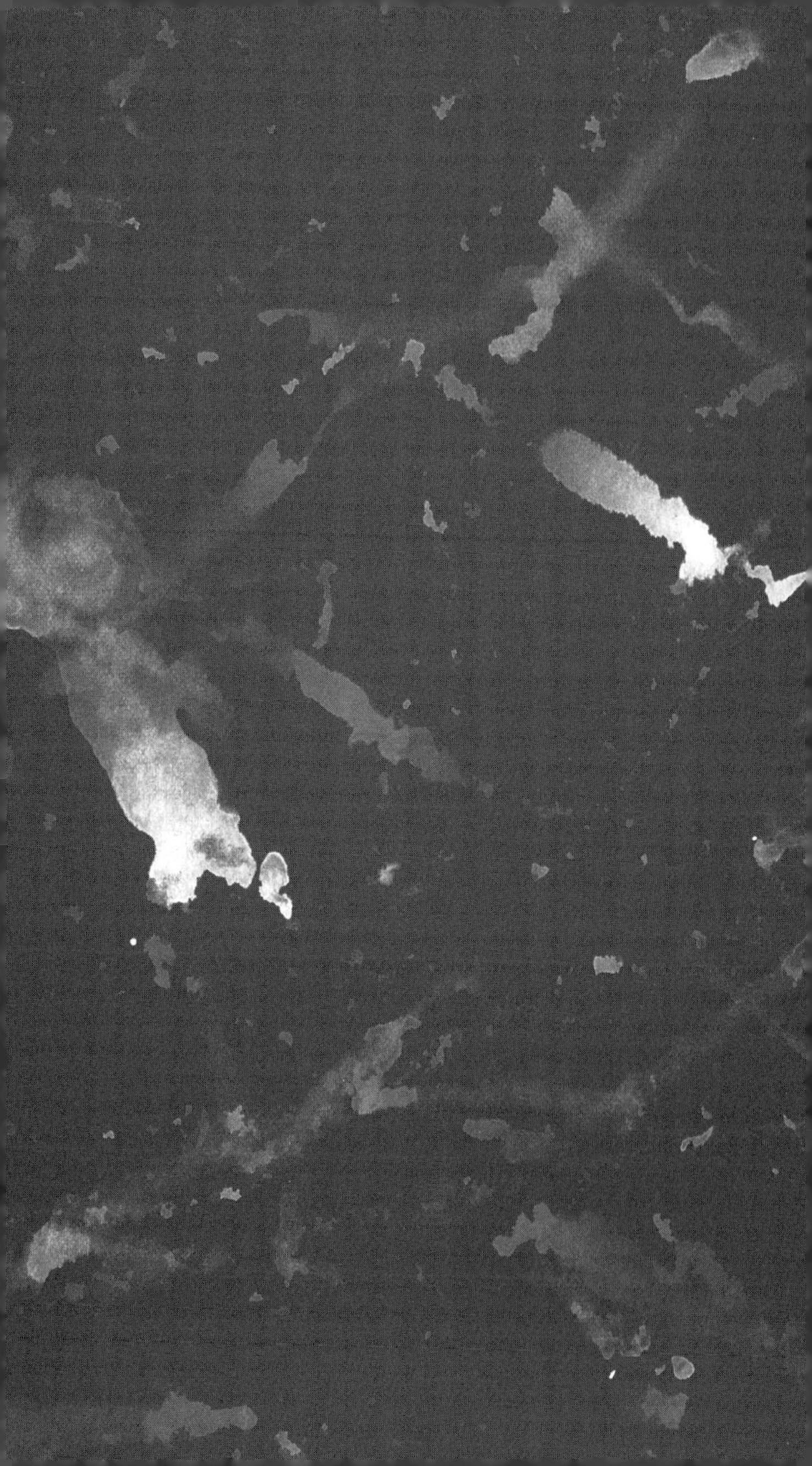

日本の年中行事――その入り立ち

民俗と謂はれる事の中で、一番民俗らしい感じを人々に持たせるものは、週期伝承だと言つてよいでせう。一年目毎にくり返して廻つて来るのが、坦《ヒラタ》く言へば、所謂年中行事なのです。此外に、三年目、五年目に一度など言ふ風に廻つて来るのがある。或はもつと大きな週期を持つたものは、二十年目、七十年目に、一度づゝ廻つて来るなど言ふのがあります。此らもやはり週期として来るものだから、週期伝承と言うて居ます。反対に、うんと短いのもある。毎日々々きまつてくり返される行事、これを、日中行事と言ふ訣です。

「むらさき」の新年号[1]は、此種の雑誌としては、珍しい民俗・年中行事などの特輯号を出すのださうです。民族生活・国民精神が高揚せられてゐる、まことにありがたい時代です。同時に、かう言ふ古来の精神伝統――書物や知識ばかりによらぬ国民一般の生活情調に深く沁み入つた日本民間生活の古い律法を、根強く心に据ゑねばならぬ時代だと言ふことを忘れてはなりません。心の張り充ちてゐるのは固より結構だが、空虚な理論や概念であつては、長期の保持力には、さし障る所が出来ることになります。どうか、この「生活の古典」と言ふべき年中行事を、深く〳〵心の奥底から省みて頂きたいものです。

今の若い日本の女性は、外貌だけですが、もつと日本の古典式の外貌に還る必要があると、私どもは考へさせられることが多いのです。

○

年中行事は、完全に一年を生活するためには、必通過しなければならない関門が幾つかあり、それが民間の暦の上できまつてゐます。それをすつかり通過すると一年を過ぎるといふことになるのです。

今言つた暦といふのは、官から定められた、科学に根拠を持つた暦とちがひ、昔からの習慣の上に、ある力を信じて使はれてゐる暦のことなのです。つまり民間暦と謂はれてゐるものです。

暦と年中行事とは互に関聯してゐるもので、暦が年中行事を貫き列ねてゐるとも言へるし、又逆に、年中行事の幾つかの完了が、一年暦を経たことにもなる訣です。

我々の生活のうちに、年中行事が重大な意味をもつてゐるのは、我々の生活に、どうしても古典的な要素がなければならぬといふことです。即、此が実際にわれ〳〵の「生活の古典」だからです。併し、この古典の中には、其知識を無視しては、完全な一年暦を遂げることが出来ぬといふことにもなります。

我々の生活は功利式な現実生活をしてゐるとのみ思つてゐる人が多からうが、実は或点まで古典的な生活の規定によらずには暮してゐぬものなのでして、其が一々新しい科学に照しての生活と、おなじ目的を、たゞ古い型によつてしてゐるといふだけであります。この頃謂ふ所の合理生活と言ふのは、実は必しも、生活気分が完全に随伴してゐる訣ではない。其点では旧式な、この年中行事が、実生活と気分とを兼ね備へてゐると言へます。

我々が生活らしい生活をはじめようとすると、一種の様式風な生活を欲して来ます。つまりきまりきつた生活様式にはいらうとする。そんなことなど考へて見たこともない若い人たちが、一度家庭を持つと、まづ、門松を樹てようとする。注連縄も、牛蒡しめも張らうとする。そこに、生活の型のよさを感じようと言ふことになるのです。

つまりさうして、何かから安定した生活の感じに満足を覚えるのです。其は要するに、自分達の生活が、古典化せられたといふ喜びです。

更に考へると、曾て我々の祖先は、現実にその意味を知つてゐたのだらうけれど、我々にはもう、意味を失つてゐるものが多い。けれども、それを行ふといふことは、生活の律法に随つてゐるといふことの満足――日本人の生活律法の上に、我々の生活を置いて来てゐるといふ満足感なのです。それを遂行したといふことが、一人前の人間になつたといふ感じを持たせるのです。

年中行事は、一軒の家を基礎として行はれます。併し、其と同時に、多くの場合、同じことを、同じ時に並行して行うてゐる家が、自分等の周囲にある訣です。よく〳〵の場合には、近所ときり放したやうに、一軒の家ばかりがしてゐることもないではない。が、譬へば、大字・小字だけでも同じことをしてゐる。そこに一つの力を感じます。けれどもしなくても別に罰はない。が、何かせねばならないやうなものを覚えます。自分等の周囲に、同じことをしてゐると、境遇感がいよ〳〵其を感じさせるのです。

それをすることによつて、周囲と自分とは同体だといふことを感ずることが出来ます。その感覚が字とか、小名[2]とかいふ広い深い人生を感じさせます。

ところが、たつた一軒だけ行つてゐて、周囲の家々はしてゐないこともあるのです。

大きな家（旧家）、或は嘗て大きな家だつた家だけがして、周囲の家々は行つてゐない所もあるといつた行事もあります。かう言ふ場合は、曾て此家が一軒だけであつて、他に家がなかつたと言ふ意味と、今一つ、此家だけがすれば、効果は他に及ぶといふ代表の意味を持つてゐたのです。

都会地などは、寄り合ひなるが為に、別々の地方、其々の家の出た地方の年中行事を行うてゐる訣です。

柳田國男先生の書かれた各種の「習俗語彙」といふ本は、言語のなかに保存せられてゐる過去の知識を中核として、日本の民俗を見て行かうといふ考へで、書かれたものだが、そのうちの昭和十四年に出た「歳時習俗語彙」は、誰々の生活にも一番近い感覚を持つてゐて、たいへんなつかしいものです。

其から本年出た、柳田先生・関敬吾[3]さん共著の「日本民俗学入門」には、民俗採集に関する心得が書かれて居り、そのなかに「年中行事」の項目があり、必一読して新な出発点を作るべき本です。こゝには先づ特に年中行事といふものゝ起るところから話して、かう言ふ不思議と思へる知識や行為が、何から来たかを相共に考へたいと思ひます。

日本だけで言ふと「まつり」が色々な形で行はれてゐます。それが一年中に幾つかあり、そのあるだけを通過しなければ、一年が終らないといふところから出てゐるのです。要するに年中行事の主体は、一つ〳〵祭りがわれ〳〵の生活に印象したものであつたのです。

では何のために祭りが行はれたかといふと、神此世に出現せられ、村里或はある家を訪はせられる。すると其神を迎へて歓待申さねばならぬのです。つまりかうした歓待申す儀式が祭りであつた訣です。

祭りはかう言ふ風にして、次第に細やかに分れ、時を逐うて数が殖えて来ます。が、元は、さうばかり頻繁に行はれたものではなかつたやうです。

つまり、祭りの前後の行事や、感情を十分に果すことが必要である所から、一つの祭りにも後《アト》先《サキ》の行事が細分せられる。又時期々々に、おなじ意味の祭りが、分配して行はれます。さう言ふ風にして、われ〳〵の祭りは、数増る一方であつたのです。

其祭り及び祭りの前後の行事、及び分裂した祭りが、年中行事のもとである以上、年中行事の根本義と、細分せられて来たことは考へられると思ひます。

年中行事が、祭りの分裂したものだといふことを知つて貰ふには、先づ祭りの感じのなくなつてしまつたものから言ふのが順道でありませう。それで、「こと」（事）及び、「せち」（節）といふことから、話し出して見たいと思ひます。

家庭のまつりを意味する語だつたらしいのに、ことといふ行事があります。また広い意味の祭りの意味を持つて居て、段々、家庭において行はれる方面ばかりが伸びて来たので、家庭まつりとして感じられてゐるせちといふ語があります。

節は、一年のうちに幾度か神様に供へ物をさし上げる時期があつて、節供が行はれた。つまり、其一度々々が、似た様な意味を持つた祭りの時期だつたのです。其がをり〳〵くり返す。其くり返しの間《マ》が広がつて来て、一つ〳〵間隔も等しくないと言つた風にもなつて来ました。がともかく、その度毎に食物のお供へをします。家庭の祭りに、段々食物以外の、たからと昔広く言つた神様御用の器具などを献る風が薄れて、心易立ての食物に、季節々々の感覚を豊かに盛ると言ふ、美しい心入れが、郷土々々の生活味を示すやうになつて来たのです。

其で結局、神様にたべ物をさしあげる日を、節供《セツク》だの、節《セチ》だのといひ、果ては、神様にさしあげたと言ふ条件をおいて、家庭の人々が、きまり〳〵の日に頂くたべ物をおせちと言ふやうになつた訣です。後、神にあげるといふ印象が薄くなつて、自分らが節をいはふといふやうになつて来てもゐます。かう言ふ風に、我々の古典生活には、ある節度《ヲリメ》があり、此をりめ〳〵に、食物を共に頂くことが、祝ふと言ふ気持ちを醸し出すのです。

此いはふといふ語は、色々な語に使はれてゐるが、此ほどなつかしい語も少い。祝福するなどいふ近来の語は、此語の古い意義に、其があることを忘れたのです。近代の「いはふ」は、幸福なる光輝ある現状を讃美すると共に、将来もかくあれといふ内容を持つてゐるのでした。此意味の「いはふ」は、言語が土台になつてゐるのだから、をりめ正しく口状を述べてゐる様子が目に浮ぶではありませんか。おせちをいはふなど言ふのも、やはり黙々としかつめらしい顔ばかりしてゐるのでなく、幸福な表情と語気でもつて、あらたまつた食事をすることの前置きが感じられるではありませんか。

せちがかうしてたべ物にばかり傾いて行くと一方、どうせ深い関係を持つてたはずのたべ物の印象をそつちに譲つてしまつた、たべ物の印象から離れて行つたのが、ことなのです。字に「事」を宛てるのは、其以外に宛て字のない、ほんたうの字面《ジヅラ》なのでせうが、事の字の持つ範囲が広いので、結局この字面だけでは、何のことやら訣らぬのが当然です。せちはいづれ節なのだらうから、此訳語を知らなかつた前の名が考へられます。其時代からずつと続いてゐるのが、「こと」でないかとも思はれるのですが、せちといふ新しい訳語が出来ても、新旧二つの語が並行して行はれて、而も段々両方の意義がにじり出して来て、別々の儀式や時日を示す語と岐れて行つたものと思はれます。

さうかと思ふと、女ばかり寄つて暮してゐた昔の遊びの里などでは、「もの日」など言つて、女の忌み日があつたのです。此がやはり、さう言ふ里以外の広い世間の「こと」など言ふ日と同様だつたらしいのです。而も、如何にも区別ありさうに、「もん日」といふ日を別に言ひわけて、「もの日もん日」などゝ連用してゐます。紋服をつけるから紋日だなど言ふのは、何時からか言ひはじめた出任せで、実はもの日が、僅かな発音の違ひで、「もん日」となつてゐたに過ぎぬのです。而も、少しでも語が違ふと、もの日はもの日、もん日はもん日で、何か別々の事をする様に考へて来たのです。せちもことも、相当古くから、世間広く正しい家庭々々で言はれ、考へられ、行はれて来たのですが、何時か岐れた一つ事の末だらうと思はれます。物忌みといふことは大抵一日だけですまぬのが例だつたので、其ことの性質種類によつて、忌み謹むべき日数がきまつて居たのです。それで、たとへば、二月八日・十二月八日など、所謂御事《オコト》の日とも、ことはじめ（事始め）・ことをさめ（事納め）など言はれる日は、二月・十二月につきものゝ物忌みの中の大切な日だつたのです。

伊勢物語など引くとまたかと笑はれさうですが、近世の学者だけが、古典の記述と現代の実生活との間にわり込んでわけ隔てをしてゐたゞけで、古い書物には古いだけに、宮廷や民間生活の正直な伝へがあるのです。在原業平だと信ぜられてゐる昔の男が、比叡の麓の小野の宮へ、正月を賀しに参つたと思はれる条に、「むつきなればことだつとて大御酒給ひけり」とある、あのことだつなども、近代のことと同じなのでせう。つまり此日からことがはじまるので、物忌みに入るといふことなのです。正月だから、何か特別な儀式があるのだといふ風に解釈したり、何かするのはいけません。二月も十二月も、正月を去ること日数多くありませんので、正月の行事が、今日から始るのだとか、今日ですつかり終ひになるのだとか、解釈し勝ちなのです。さうすると、十二月が事始めで、二月が事納めだと、ちようどうまく当るのですが、所によつては、逆に二月八日を事始め、十二月八日を事納めなど言うてることもあるのです。此で見ても、正月と関係のまづないことが、想像出来ます。其に、町方《マチカタ》の人は、此日町風な色々な事をしてるのだと考へてゐたのですが、田舎は田舎でやはり固く古風を守つてしてゐたのです。事八日《コトヤウカ》だの、八日頭《ヤウカドウ》などゝ、今日も言ふ地方があるのです。御事の神さまなど言うて、此日又は此外にもあることの日に来る神さまを祭つてゐる処もあり、其姿を石に刻んでゐる地方すらあります。

最も女の人にとつて懐しいのは、関西に広く行はれてゐる三月の「こと」です。春ごとと言ふ処も多いのですが、此日には、やはり処によつて其々、此日についてきまつたたべ物をこしらへてたべることが多かつたのです。さうして其が女の手わざだけに、又特に女だけが、弥生の中頃野山に遊ぶ習はしのある処も多いだけに、よけいに、昔が思はれるのです。はいきんぐだなどゝ言つて、女の大黒様の様な姿をして、山登りするあの無慚《ムザン》な姿を、暫くよしにしたら、どうですか。春の日の霞める時に、悠々として空をながめ、野を見やり、行く水を追ひ、日の光りを送つて、鶯が鳴き、落花が迷ひこんで来たりするのを、ぢつと観察する時を持つたらどうですか。

私の年中行事の話は、まだ序の口にもかゝつて居ません。ですが、あなた方の春のいこひの為に、此筆記に手を入れてゐるのが、おしつまつた暮の二十日《ハツカ》です。今度は、此だけにしたいと思ひます。

年中行事として、今一等為になる本は二冊前に書きましたが、最後に、まう一冊民俗選書の中、宮本常一さんの「民間暦」といふ本を追加しておきます。

（一九四三年 五六歳）

餅搗《つ》かぬ家

この雑誌(1)では、未だ壱岐ノ島の話が出ないやうだから、先づ私から口を切らうと思ふ。全体、十月から十一月にかけては年中行事の上に、古くから近代まで年越し行事が行はれてゐる。それで私の話も、十二月の大年越しとして、正月の用意をせぬ家々の話をしようと思ふ。それには一つの理由がある。霜月は古代には、時として極月の感じを持たれてゐた。だから霜月に歳末の話をするのも、意味のない事ではないと考へる。一体、壱岐ノ島では元寇のあつた時に、全島の住民が皆殺しになつたものと考へ信じられてゐる。けれどもこれは、事実信ぜられぬ事である。だが、他の国々が、国の始まりを、古く説きたがるに関らず、この島と対馬に限つては、元寇以後に新に国が開かれたものと言ひ来つてゐる。だから、壱岐の村々、或は由緒ある家々では、六七百年以上に遡る伝説を持つてゐるものがない。

総じて九州、その中多くは唐津・五島を言ふが、其他、北九州一円の豪族との関係を説くものもかなりある。中には中国の西方の国々から、一族を引き連れて渡つたのだとも説いてゐる。さうして姓を同じうする家には共通の行事があつて、それに対して壱岐渡来当時の由来を説いてゐる。その中で殊に注意すべきは、正月の注連飾りである。彼の地では年縄と言ふものをかけない家々があり、また餅を搗かぬ家のある事である。

鯨伏村の立石、伊志呂の久田《ヒサダ》家の一族は年の夜は、年藁を枕にして、越年する為来《シキタ》りがある。其先祖であつた武士が軍に出て、その軍がすんで戻つたのが、ちようど大つごもりの晩であつた。家内はまだ、年縄の用意が出来てゐなかつた。それで、疲れてゐた体で年藁を打ち〳〵、とうとう藁を枕に睡つて了つた。此が為来りになつたのだと云ふ。

志原村の山内《ヤマノウチ》一統では、やはり年縄をかけぬ。これも、大年の夜に祝の用意も出来ずに臼の中で睡つた為に、さうするのだと伝へてゐる。その他にも大年の晩ではないが、天神様の来臨を待つてその儘睡つた為に、村の祭りの前夜は睡らないで明かす、といふ家もぼつ〳〵ある。

かうした注連縄飾りをせぬ家、年木を立てぬ家、餅をつかぬ家などは、日本国中に行き渡つて多いやうであ[illegible]の中殊に餅を搗かぬ家は、柳田先生の郷土研究以来の一つの興味ある問題になつて来てゐる。その由[illegible]は、或はその地方の城主が滅びた時に、餅をついて居た凶い記憶があるからだとも言ふ。かういふ型は大抵、或地方の住民全体に通じてゐる様である。またある家の祖先が、山伏・順礼などの巡遊布教者を殺して獲た金をもとゝして富み栄えた、その祖先の悪事の記念として、この家で餅を搗けば、臼の中に血が混ると説く種類で、これは大抵一族に限ることの様である。

極簡単であるが、この二つの型の一つは村として、他は一族としての或日の物忌みの原因を考へるに、もつと別の理由から出た風習に、一部分から発達した合理的な説明が拡張せられ、応用せられて行つたものと考へてよい。

壱岐ノ島の例で見ると、此等の本土の村・家の話が、実はある祭りの前夜の行事の印象であつた事が知れる。勿論此等の話は、総べて壱岐自身固有のものでなく、古く本土から渡つた人達の将来したものと見てよい。さうしてかういふ風に伝説化しない以前のかたちは、唯単に神の来臨を迎へる為に、厳重に夜を徹して物忌みをして居たと言ふ事実が、根になつてゐるのである。そしてそれと村での春祭り、或は正月の儀礼の相違を結合さして説明したのに過ぎないと思ふ。

それには少くとも、もつと種々雑多な様式を持つて別々に神迎へをし、神祭りをした村、及びその基礎となる家の行事が、段々統一せられて行つた事情が考へられねばならぬ。さうすると旧来の伝承を守つてゐる村々や家は、かへつて逆な説明を試みられるやうになる。もと〳〵今も一般に行はれてゐる民俗を所有して居つたものが、ある機会の事情から、異常な伝承を生じる様になつたのだとする事である。

その為に、古くは総べての村・家に於て門飾りをし、餅搗きをしたものと言つた考へが行はれる。さうして古く、家・村によつて各々別個の伝承を持つて生活をしてゐた事が忘れられてしまつたのである。

これは、除夜並びに正月を中心として常に行はれてゐる話であるが、一体、冬至・晦日・節分などゝいふ暦の上に新しく来福する明日を控へて居る日は、村全体或はその村の信仰生活を支配する家々では、最も繁忙を極め、最も戒慎すべき夜であつた。

近代では専ら、大晦日のことになつてしまつて居るが、古くは多く新嘗の夜の事と偏つて考へられてゐる。けれども、結局同じく神の来る夜である。この夜の物忌みを古代の伝説の考へ癖として、善悪二人の家に宿を求めるかたちになつて来るものが多かつた。

ところが、それが伝説から更に童話化した時代になつては、説明方法を変化せずにはゐられなかつた。それは、さうした伝説の基礎になつた村・家の民俗が、直ぐ目の前に行はれてゐた為に、更に新しい説明を試みなければものたらぬ様になつて来たのである。もの忌みの夜と、その個々の方式の相違が、餅搗かぬ家・注連縄かけぬ家の由来を考へ出させたのである。

その中若干の動因となるべきものは、物忌みを守らなかつた為に受ける罰の信仰が、かうした異風な村・家の、歳暮・正月の行事に暗い説明を加へる事になつたのである。最も適切な例を挙げれば、近代普遍的になつた門松の様式にも、地方的には非常な相違があり、また全然これを樹てぬ家筋すらある。京都以来禁裏並びに皇族の宮々では、実際松飾りはせられなかつたのである。

（一九二九年　四二歳）

鬼を追ひ払ふ夜

「福は内、鬼は外」と言ふことを知つて居ますか。此は節分の夜、豆を撒いて唱へる語《コトバ》なのです。此日、村や町々の家々へ、鬼が入り込まうとするものと信じて居ました。それに対して、豆を打ちつけて追ふのだと言ひます。今年はそれがちようど、二月四日に当るのです。これは家々ですることですが、又社や寺でも、特別に人を選んで、豆撒き役を勤めさせます。又豆を年の数だけとつて喰ふこともあります。地方によつては、一つだけ余計に喰べる処もあります。これはもと一つはからだを撫でたものなのです。つまりからだについた災ひを其にうつすつもりだつたのです。門《カド》には前もつて、柊の小枝を挿して置き、それに鰯の頭《カシラ》——昔は鯔《ボラ》の子のいなの頭——をつき刺して出しておいたものです。

節分は冬が行き詰つて、春が鼻の先まで来て居る夜と言ふことなのです。だからこれらの事柄も、夜に行はれる事が多いのです。

ちようど、鬼打ち豆を撒いて居る頃、表の方を、「厄払ひませう〳〵」と言ひながら通る者があることも知つてゐるでせう。これは「厄払ひ」と言ふものです。さうして、呼びかける家があると、その表口に立つて、その一家が、今夜から将来《サキ》幸福になる唱へ言を唱へて、お礼の銭を貰つては、又先へ出掛けます。

春になる前夜の、賑やかで、さうして何処かにしんと静まつた様子を想像して御覧なさい。暦を見ると、立春と言ふ日が、載つてありませう。今年は、其が二月五日になります。冬が過ぎて春の来るのを迎へるについて、出来るだけ我々の生活にとつてよくないものを却けて置いて、輝かしい幸福をとり入れようとするのです。昔から春と新しい年とが、同時に来るものと言ふ考へが、習慣のやうに人々の頭にこびりついて居るので、立春が新しい春、その前夜を意味する節分は、旧年の最後の夜といふ風に思はれて居ました。だから、節分の事を「年越し」といふ地方も多いのです。年越しは、大晦日と同じ意味に用ゐる語です。

九鬼家《クキケ》(1)と言ふ古い豪族の家では、節分の夜、不思議な事を行はれると言ふ噂がありました。ある時、松浦伯爵の祖先の静山[2]と謂つた人が、九鬼和泉守隆国[3]と言ふ人に、あなたのお家では、節分の夜には主人が暗闇の座敷に坐つてゐると、目に見えぬ鬼の客が出て来て、坐りこむ。小石を水に入れて吸ひ物として勧めると、其啜る音がすると言ふではありませんかと問ひますと、其は噂だけで、そんな事はありません。唯豆を打つ場合に、「鬼は内、福は内、富は内」と唱へる。其上、普通にする柊と鰯とは、私の家ではしないと答へられたと言ふことです。

此は言ふまでもなく、家の名が九鬼である事から、それによつて縁起を祝つて、家の名に関係のあるものを逐《オ》ひ却ける様な事は一切しない事になつたのでせう。勿論、鬼は来るはずはありません。だが来た事もなかつたとは言へません。来るのは勿論、鬼に仮装した人が出て来て、鬼となつて逐はれる様子をするのでした。

（一九三六年　四九歳）

年中行事に見えた古代生活——雛祭りを中心に

一

われ〳〵は、今にして静かに、古来の習俗の起りと、伝承の次第について、考へて見ねばならぬと思ふ。正月門松を立て、歳神《トシガミ》を祀り、雑煮をいはふ、かう言ふ生活が、どれだけ日本らしい優雅な民俗感情を、われ〳〵に与へてゐるだらう。而も、さう言ふ生活に、われ〳〵自身這入つて、われ〳〵自身実行する訣なのである。茶の湯を催したりするよりも、もつとほのかな味ひで、さうして、現実味は、其よりも深く胸に沁むのである。七草・節分・小正月・二十日正月などは、もうせぬ処は多くても、年輩の人々にはまだ印象だけは残つて居て、思ふだけでも懐しい昔の生活の、心の上にたなびくものを覚えるであらう。さう言ふ類の中でも、初山入《ハツヤマ》り[1]だの、春田打《ハルタウ》ち[2]など言ふ行事になると、相応な年輩でも、経験のない人が多からう。此は、年代にはよらぬので、地方によつて、早くせぬやうになつた処と、未に尚行つてゐる村々があるからである。

三月の雛祭りは、そんな年中行事の中で、最も普遍してゐる習俗で、今もまだ〳〵盛んに行つてゐるし、明治初中期の旧俗変改時代にも、あまり中だるみなく続いて来たのであつた。其と言ふのが、隣同士の申し合ひがなくとも出来る事だし、表飾りなどの様に、目立つこともない、家の内だけの事ですむ謂はゞ、家庭の祭祀だつたので、世の中の波に飄蕩[3]せられることが少くて、すんだのである。

江戸時代以後の学者は、旧文化の大陸の先進国から搬びこまれたことを過大に考へ過ぎて居た。何でも彼でも、輸入と考へることが正しい、と思はれて居た。其風がまだ、学界には残つてゐぬでもない。やがては後世、近代の文化は皆泰西から将来したもの、と言ふやうな、今の世に考へられぬ考へが、力を持つて来るかも知れぬ。そんな事をなからしめる為にも、少しづゝ、学問上の事大主義は訂して置くべきだと思ふ。

二

春三月三日、水辺に行事のあつたこと、日本支那共に一つである。支那でも、古代から之を「上巳《ジヤウシ》」と称へて、祓除《ハラヘ》の行はれる日であつた。漢代までは、正しく月初めの巳の日の行事であつたが、魏の時代の文献から、名は元のまゝの上巳であり乍ら、十二支によらずに、日によつて定めて、三日と言ふことになつた、と思はれてゐるが、此にも、亦異論があつた。だがまづ、三月初旬、風暖かに河面を吹く頃に行つたものと見てよい。昔の学者は、之を直に、我が雛祭りの起原と見て、此風習以前には、わが国に所謂雛の節供《セツク》の種子はなかつた、と考へてゐる様だ。だがかうした考へは、民俗の類性並発とも言ふべき暗合の、偶発事情を思はな過ぎる所から起る過ちである。

節供は勿論、節日の供御で、今では多く「お節《セチ》」とだけ言ふ地方の多い、家庭の祭り日のお供へであり、又家の人々の相伴する食物である。かう言ふ改つた言ひ方をする日が五つあつて、五節供と言つてゐるが、其外にも、節供をする日があつて、元日・上巳・端午・七夕・重陽の上に、色々な日を節供と言つた例もある。

わが国では、古く晩夏・終冬の尽日《ジンジツ》——晦日の大祓以外にも、禊ぎする日は多かつた。臨時の祓禊《バツケイ》でなく、定期にも、春や秋に行はれることは、屢あつたのである。近代に謂ふ、春の「大《オホ》汐《シホ》」、秋の「八月潮《ハツシホ》」、此らは元、それ〴〵の禊ぎ日であつた。海の彼方にあると想像した楽土、「常世《トコヨ》の国」からうち寄せる常世波《トコヨナミ》の来寄る日、として居たのである。常世の国の潮を浴びると、健康にして寿久しくなるもの、と信じてゐたのであつた。常世の国の春《ハル》波の寄り来る日を、琉球諸島では、季春の月、清明の節のこと〻考へてゐた。此日の水は、海の汐と言はず、川水・泉・井戸の類まで、皆地下から水脈を通じて、儀来河内《ギライカナイ》——他府県の昔の常世から水の通じるものと思うたのである。

さうして、此日の水に浴したものは、老いたるは若やぎ、死《シ》に骸《ガラ》も蘇ると信じた。此「若やぎの泉」の信仰は、わが国古代には、支那の不老不死泉の知識など〻は関係なく、広く行き渉つて居た。即、万葉集に見える「変若水《ヲチミツ》」の存在を信じたことが、其である。

禊ぎと祓への違ふ点は、いろ〳〵数へられてゐるが、要するに後世には、事実においては区別のないことになつて居た。だが一番肝腎の点は、水を必須条件とするのと、必しもさうでないのと、今一つ根本に、生れ変つて新しい生命を持つことの出来るとするのと、唯の穢れ・罪を払拭する考へのあるのとの相違である。

禊ぎを以て、穢れを滌ぎ流すものと見るのは、さう考へること自体、既に多く祓への方に傾いてゐるので、其と違ふ所は、禊ぎは吉事《キチジ》を待ち迎へる為に、予め身を滌いで置くと言ふ点である。而もさう考へることの元は、此生れ甦《ガハ》り、蘇《ヨミガヘ》りの信仰にあつたのである。生れ甦つた新しい肉身に、強い霊魂が来寓る。其為の禊ぎが、直に偉れた神霊を迎へる準備行為の様に見えたのである。

かう言ふ謂はゞ、積極式な意味を持つた春の盛り、花は盛りの、風温い浜の禊ぎであつたのを、何時か、其海川に、穢れをうつした形代《カタシロ》を流す日を言ふことになつたものであらう。さうしてそこに、大陸伝来の上巳祓への習俗が結びついたのであらうが、其も直ちに、三月三日の日の行事の「祓へ」めいた事が、其定つた日どりと共に、外来したと思ふのは、早計であらう。古来の禊ぎの風が、何時か祓への方へ傾いてゐた事実は、この季春の禊ぎにも早く這入つて居たのである。さうなればこそ、上巳祓への信仰様式をとり入れて、早く日本化したものなのである。

外来の習俗をとり込む場合は、必まづ固有風習に類似点を見つけて結合する。其上で必一度は、其外来の形に近く、大きく模倣した新風が起る。さうして時を経て、漸く元来の形に近づいて、融合とも、混和とも言ふべき姿になる。此が、外来文化のとり入れられる際の、謂はゞありうちの姿なのである。上巳祓へなども、さう言ふ筋道を辿つて、一般年中行事となつて来たものである。だから尚、地方々々の雛祭りの行事を細かに観察して見る時、思ひがけなく古風で、普通の上巳の風と違ふものに、屢、行き逢ふ訣なのである。

上総君津郡の辺では、三月四日雛送りに川辺に出て、如何にもなごり惜しげに、「又来年もござれ」と唱へながら流したといふ。其三日の節供当日を「子供の花見」と、この地方では言つて、男女の子供だけが、畠の隅などに寄つて、餅などを喰べて遊んだといふ。此は、男の子が後に参加したので、元は女の子だけが集つて、まゝごとをして、日を暮したものと思はれる。此日、雛を祭る家に乱入して、供物の食物を取つて喰べる風が、あちこちにあつた。ちようど八月月見の夜に、団子や、芋の御供へを盗みに行つたのと同じに、大人たちから黙認せられてゐた子供の間の習俗であつた。

三月節供の乱入の事を、岐阜県の東部では、がんどうつとも、がんどうちとも言つてゐる。強《ガン》盗《ドウ》は、今の語感とは少々違つた乱入の群盗を意味するので、瀬戸内海を挟んで、四国中国の東寄りの両岸で、雛荒しなど言ふのも、おなじ事である。女の子だけが集つて、精進日《シヤウジンビ》の行《ギヤウ》をしてゐる処へ、男の子が乱入するのは、あり勝ちの事でもあり、又さう言ふことが、童女の竈籠《カマゴモ》りの日の必須行事となつてゐたのであらう。

子供の花見と言つたのは、童女に限る花見を意味してゐるのだが、一般に花見の意味は、元は、唯野山の花を鑑賞すると言ふだけではなかつた。農村の春の行事の一つとして、花見だの、春遊びといふ事があつたのだ。山行き・野遊びと言ふのも其だし、磯遊び・磯まつりといふのも、同じ意味から出てゐる。

一体に花見と言ふ語が、先にも言つた様に、単なる観桜の義でないことは、地方によつて、げんげや、菜の花の咲く頃の野遊びを言つてゐるのでも知れる。多くは、野遊び・山ごもりと同じ程で、まう少し広い位の意味である。花卜《ハナウラ》と言つて、其年の春咲く花を見て、一年の豊凶を占ふ習俗を言つた語で、昔は一村出払つて、春の一日、山の花・野の花を占ひに出たのである。さうして多くは、桜の花の咲き方によつて、今年の田の実《タミ》を占つた。此が、花見。其から、女の子或は稍長じて、いまだ夫を持たぬをとめたちのする事が、こどもの花見の様になつたので、此も処女ばかりでする事に、山ごもりがある。野遊びなども、土地によつては、女だけの終日外宴を行ふことを言ふやうになつてゐる。此らの行はれる日が、いづれも春深い三月のはじめ、多く、三日の日を中心として行はれてゐた。

此で見ても、三月の節供と女性との関係は、大体訣ると思ふ。家を離れて、山や野に、女ばかりが一日暮したのである。多くは、其で、その年の五月《サツキ》の早処女《サヲトメ》がきまつたのである。山ごもりは、だから処によつては、ずつと、田植ゑに近よつてからすることもある。

この女の物忌みの、野外で行はれる日に、禊ぎが関聯してゐるのである。其へ持つて来て、外来の上巳の祓へが、結びついた訣になる。さすれば、日どりが三月上の巳の日なり、三日になつたりすることは、何でもない訣である。

この日の行事に添うて大切なのは、雛に供へる食物と、雛人形の事である。草の餅だの、白酒だのゝ供へられる理由にも、訣つた部分もあり、訣らぬこともあるが、今は控へて、専ら雛の説明だけをしよう。

三

「ひな」と言ふ語にも、いろ〳〵な語源説はあつたが、凡ては謂はれのないこじつけばかり多くて、わかり易い本たうの形を掩うてゐる。此は恐らく一番簡単な、「雛人形《ヒナヒトガタ》」とも言ふべき語の、簡約せられたものである。雛とは小形のものと言ふことで、其々の人の見本とも、代理とも言ふべき人形《ヒトガタ》である。謂はゞ、身代りに立つべき形代《カタシロ》なのである。之を其日か、前日に作つて、其々の人の身を撫でゝ、身にある穢れや、身の奥にある心のしみを吸収させる。さうして其を、流れ川や、海に棄てる。かうした人形《ヒトガタ》が、いろ〳〵の形に変り、又使ふ場合も使ひ方も、其の所置も、又其に対する一々の心持ちも、形が違ふほどに変つて来てゐる。紙で作つた簡単な紙人形の形代や、撫で物があり、縫ひぐるみの犬のやうな「天児《アマガツ》」があるかと思へば、張子《ハリコ》の匍匐《ハラバ》ひ姿のすひんくす風の「御伽婢子《オトギバフコ》」があるといふ様に、種々雑多であるが、其中に雛だけは、段々人らしくなつて行つた。

其でも、直に棄てる物があるかと思へば、相当に古くから、稍長く身近く置いて飾るか、斎《イツ》くかする様に見える雛がある。平安朝の物語類に見えた「ひゝな」は、「ひゝなの殿」の中に据ゑてあつた。幼い若紫も、其男神《ヲトコガミ》――女雛ををみながみといふ――とも言ふべき方の雛を、源氏の君と見て仕へて居たのだから、後世の内裏雛とまでは行かずとも、相当な人形らしいものだつたのであらう。かうした雛の出来た理由は、日常坐臥、身のそばに置いて、大した意識もせずに、犯す所の穢れや、咎《トガ》を常に吸ひとらせて置くのである。御伽婢子などは、専ら其役をして居たのだが、其役をしながら、一方益人形《ヒトガタ》らしく衣裳もつけ、姿も人に似て来た物に発達して行つた訣なのである。

さう言ふ用途と、形とを持つた物を特に、雛とは言つたのである。而も処によつては、身近く置くことの馴れの親しさから、段々後世の人形《ニンギヤウ》としての、玩びの用途が開けて来た。其と別に、側近くにあるものゝ罪・穢れをうつしたものとしての、特殊な恐怖心から、愈、之を畏れた地方もある。従つて、人形《ニンギヤウ》の発達せなかつた土地すらもある程である。

形代の人形《ヒトガタ》を流すこと、固有の春の禊ぎにも、あつたのは前述の通りだが、外来の上巳の習俗の直訳式な模倣が、平安朝の陰陽師《オンミヤウジ》の手で行はれた。おなじ源氏の須磨の巻には、「三月《ヤヨヒ》の朔日《ツイタチ》に出で来たる巳《ミ》の日《ヒ》」とあつて、今日、源氏の君の様な思ひ事のある人は、禊ぎなさるがよろしからうと言ひ出す、でしやばり者の語について、海辺のけしきも見たさに、お出かけなされた。簡単に幕張りのやうな物を廻らして、都から此国（播州）へ出張することになつて居た陰陽師《オンミヤウジ》をよびよせて、祓への奉仕を命ぜられた。流し棄てる船の上に、ことぐしき人形《ヒトガタ》を乗せて放すのを御覧になつてゐるよしが書いてある。その「ことぐしき」と言ふのは、ぎやうぐしいといふ事だから、巨大な、目に立つ蒭人《スウジン》（藁人形）の類だつた事が思はれる。

かうして流す人形にも、大き小いはあらうが、いづれも臨時に作つて、流すものだつたに違ひない。さうして其外に、いづれは流したり棄てたりするのだが、常日頃、身近い処に置いた種類があつた。其類を限つて雛と言つたことだけは、言ひきつてよいのだらうと思ふ。

さうして、春の野遊びする風の行はれる地方でも、段々都風を移して、奥深い家庭が出来たり、又、都の上﨟《ジヤウラフ》の外出せぬ時代が来ると、野遊び・山ごもりの行《ギヤウ》は変つて、上流の女部屋で行はれることになる。其為に、春遊びも、家庭を出でぬ行事になつて行つた。さうすれば、一年なり半季なり、おなじ座敷に据ゑてあつた、雛とのわかれを中心とする行事のやうになつて行くのは、当然のことであらう。此が即、ひゝなのわかれなのであつて、其送りの宴が、ひゝなまつりと言つた形になつて行く訣である。此上流家庭の生活が、段々移されたのが、地方豪家の慣例となつたのである。

（一九四三年 五六歳）

花物語

万葉では存外、桜の花が問題になつてゐないのは、なぜだらう。よし桜の花が詠まれてるとしても、家桜ではなく、殆、山の桜であつた。それも讃美の意味ではなくて、たゞそれを見た、といふ位にすぎない。巻八に、藤原朝臣広嗣桜花贈娘子歌一首、

　この花のひとよのうちに、もゝくさの詞《コト》ぞこもれる。おほろかにすな（一四五六）

といふのがある。

この花の一英の中に、幾種類もの私のことばがこめられてゐる。その花をよい加減に見てくれるなといふので、恐らくは、桜の花の枝に消息を結びつけてやつたものであらう。これ亦、桜の讃美ではなく、利用してゐるに過ぎない。この時代は、桜の花といつても別に、我々が持つ様な感銘は、なかつた訣だ。古く、日本紀にも見えた「花ぐはし桜のめで……」（允恭天皇[1]）な

ども、またから言ふ立ち場から見るべきものなのである。上代に於いては、桜は観賞する為のものでなく、もつと人間の生活にとつて意味があつたのである。

私どもはなぜ、桜を惜しむのだらう。花が美しいからだらうか。静かに思へば、あの湿つぽい花の下で踊る気になるのも、一つの伝習である。散る花が惜しいといふのは、習慣であつて、われ〳〵は文学を通じて、さうした観賞法を覚えたのである。桜とはいつても、土地々々の花によつて感じがずつと違つてゐる。少くとも東京の桜は、踊れるといふ花ではない。静かで、単純で、その色といへば、非常にさみしいものである。

一体、桜の花の散りやすいといふことが、何故問題になり出したらう。あの「泰山府君」の謡をよむと、あの少納言信西入道の息子の一人で、名高い桜町中納言(2)が、桜の花の散るのを惜しんで、府君に訴へたといふ名高い話がある。これは桜の花の命乞ひで、一つの優美な物語と謂はれて来た。泰山府君は生命を司る神で、生殺の職権をもつてゐる。

また、伊勢の内宮の浅熊山の神を、桜の大刀自《オホトジ》といふ。或は、木之花咲耶姫だともいふが、さうではあるまい。この木もやはり桜の命乞ひに関してゐる。

近江の多賀の社は、今は命乞ひの社になつてゐる。——ほんたうの命乞ひの社は、摂社の方である。——こゝも亦桜の命乞ひに因縁がある。なぜこのやうに、桜の為に命乞ひをしたのであらう。これを風流として解するのは当つてゐない。

季節の変り目、つまり「時の交叉《ユキアヒ》」の頃に、ゆきあひ祭りが行はれた。その一つ、春夏の祭りを、特に鎮花祭といふ。これは、都が奈良にある頃の行事が、京都へもちこされたのだといつてゐる。その祭りの対象は、大和の狭井社《サヰノヤシロ》であつた。だから、奈良朝以前にも、同じ鎮花祭があつたことが考へられる。時の行会《ユキアヒ》に現れる神は、宮廷・人民を守るとともに、それらをおびやかす神でもあつたから、この神の心を迎へるといふ信仰があつたのだ。

平安朝では、この鎮花祭（ハナシヅメ）をやすらひ祭りといつた。其は、その時のうたふ歌の一句毎に囃子として、

　やすらへ。花や、やすらへ。花や

というたのである。やすらふは躊躇するの意で、休息することをやすらふといふのは、その転

化である。この囃子は「そのまゝでをれ。花よ」「花よ。ぢつとして居よ」と呼びかけたものである。其歌詞を見ると、農事に関係が深い。古い田植ゑ歌とよく似ている。季節の交替する頃、邪悪の神がやつてくるからだ、と説明してゐるが、それにはもつと説明が必要であらう。昔は、人間生活の単位は、どこまでも村であつた。村の条件たる一つの物を代表としてすることが、村全体に対してする事になつた。村の災ひは、人のわざはひと、田畑の災ひとが関聯して考へられた。その関係は、極めて密接で、人の災ひをすぐ、田畑のわざはひに感じた。桜の花は農事の前兆と考へられ、人間生活のさきぶれだとも思はれてゐたのだ。

だから、桜の花の咲きかた・散りかたで、村の生活・人及び田畠の一年間を感得した。それが民謡とか芸能が発達して、そのうたと調子を合はして行つた。これは、民謡ではなく、民間の呪術の踊りが、その芸能となつて来たのだが、更に次第に文学となり、この経過のうちに段々内容が加つてきた。

純粋に花を惜しむやうになつたのは、それが文学となつてからである。万葉集は、実はこの中間にあたるもので、巻八・巻十では桜の花が綺麗だと考へられはじめてゐる。

尤、さうした傾向の代表者は、万葉にもあるので、山部赤人(3)などが其である。さうした点で、赤人は、文学的にある価値を考へてよいわけだ。

今も、雪をもつて豊年の前兆だとする信仰がある。また、それを花とみたてることもある。本道を言へば、昔はこの雪の信仰から出て、それから段々季節々々の花をもつて行ふやうになつたのである。雪占は春さきのものである。雪の降るより前に出て来る年内の占は、ひゝらぎで行つた。柊はさみしい花であるが、それによつて占つてゐる。

万葉では「はな」には内容がないといふ意味で使つたものが多い。「あはしうはの空」といつた風に。それで、「はな妻」といへば、名前だけの妻といふのである。もつと前に「はな」なる語は、れつきとした現れた証拠を斥すものであつたが、その期待が、しばしば裏切られることもあつたので、花をさういふ風にみるやうになつてきたのであらう。

（一九三三年 四六歳）

神賑《にぎは》ひ一般

静かな秋冬が来る。わが国も、幸福な月日が廻つて来て、神の心も明るくなつて来て居られることゝ思ふ。秋からさきは神事が多く、従つて神の心を賑はし申す行事が、社々で行はれる。耳を澄すと、どこの野山、かしこの町中などに、必日毎に神祭りの楽器の音がしてゐる。秋ばかりに限つた事ではないが、此時期にかう言ふ神事の多く行はれるのは、理由のあることである。祭りがあると、芸能めいた所謂神賑ひの行はれるのが普通である。今日の人は、之を余興のやうに思つてゐるが、其は違ふ。祭り自体にとつて、極めて重要な部分だつたのである。其等の中、特殊なものでない限りは、神楽《カグラ》といふ名で、いろ〳〵違つた芸能をひつくるめてゐる。まづ総括出来る名目を立てれば、「神遊《カミアソビ》」と言ふ古い語であらう。神楽はその中の特殊なものを言ふ語で、元はあつたのである。

神遊びは、神の行はれる遊びを言ふ義で、「あそび」と言ふことに意義の中心はある訣である。昔は鎮魂と言つて、人の身に魂を鎮める行事があり、それを行ふ時期があつた。其を行ふ方法も色々あつて、地方々々、家々で、実に多くの鎮魂法が行はれてゐた。併し、其等には皆共通した所があつた。歌をうたひ、楽器を鳴らし、舞踊を行ふことが其である。さうすることによつて、よい魂が人の身に鎮るものと信じてゐたのである。後世は、神事を離れた、遊びと言ふ語が広く行はれることになつたのである。

そんな訣で、冬には何となく、心の温まるやうな神事が行はれるのであつた。鎮魂行事のあつたのは冬の事であつたが、収穫祭が秋、其に続く鎮魂祭が冬と言ふ風に、祭りを中心に時の名を称へたので、秋と言つても、冬の中にもなり、又暦の考へが変つて、秋に行ふ祭りだから、暦の上の秋季にすると言ふやうなことにもなつて、秋冬にわたつて、祭の種類が次第に分化して行つた。さう言ふ神遊びの中に、神楽《カグラ》と言ふ流行を捲き起すものが現れた。平安中期の事である。それ以前から必、神遊びが神事芸能としての享楽方面を拓いて居たには違ひないが、一躍して芸能の喜びを覚えさせるやうになつたのは、神楽が栄え、催馬楽《サイバラ》(1)を分出させた頃からであらう。併しこの頃になると、もう、宮廷だけに神事芸能が発見せられたと言ふやうな事ではなく、諸国の社や聖地にも、神事から芸能の歓心が、目ざめて居たのである。東遊《アヅマアソビ》、風俗《フゾク》などは、東国から出た痕を明らかに示してゐる。併し詳しく言へば、神事芸能の起原は、此一つに止らない。

相撲などは、神事として、因縁の古い占ひであつた。秋に這入つてまづする農事の占ひは、このすぽうつによる外はなかつた。其が、宮廷にも、諸国の社にも催され、遂に芸能の神事として、人の心に大きな喜びを唆るまでになつたのである。神事から出て芸能化したいろ〳〵の神賑ひを思ふと、信仰の根深さ、又形を変へて永続する強い意力を感じる。打毬・馬術・賭弓《ノリユミ》の各種目も同様、神事占ひから出発した痕が認められるのである。

かうして日本の神々が、芸能を深く愛好せられると言ふ印象を、昔の人は持つやうになつた。荘厳な雅楽――又、舞楽――が、神事芸能に入れられたのも、かうした古人の理会から来た。田楽・猿楽の如く、中世から近世へ栄えた芸能も亦、最神事に縁の深いものであつた。武術などはまさか、と思ふ人もあらうが、此亦相撲同様、勝負を以て判ずる占ひの基準として、祭時に行はれたものが多かつたのである。
かう言ふ風に祭時に当つて、神社は芸能綜合の機能を発揮するのであつた。花などは、寺方からのみ起つたものと思はれてゐるが、之が純日本的起原を溯れば、やはり神事に帰する所もあり、最縁遠かりさうな茶の湯・香道などが、やはり神事に関聯してゐた。春日若宮祭りの夜の神幸には、盛んに香を炷くし、近江の日吉の大祭には、神輿に茶を献ずる式を行つてゐる。我々は、神が様々の芸能文化を分出し、又新しい芸能をとり容れて来られた迹を眺めて、今後の祭りの益賑々しく、栄えゆくことを思ひ、心自ら豊かなるを禁めえないのである。

（一九四九年 六二歳）

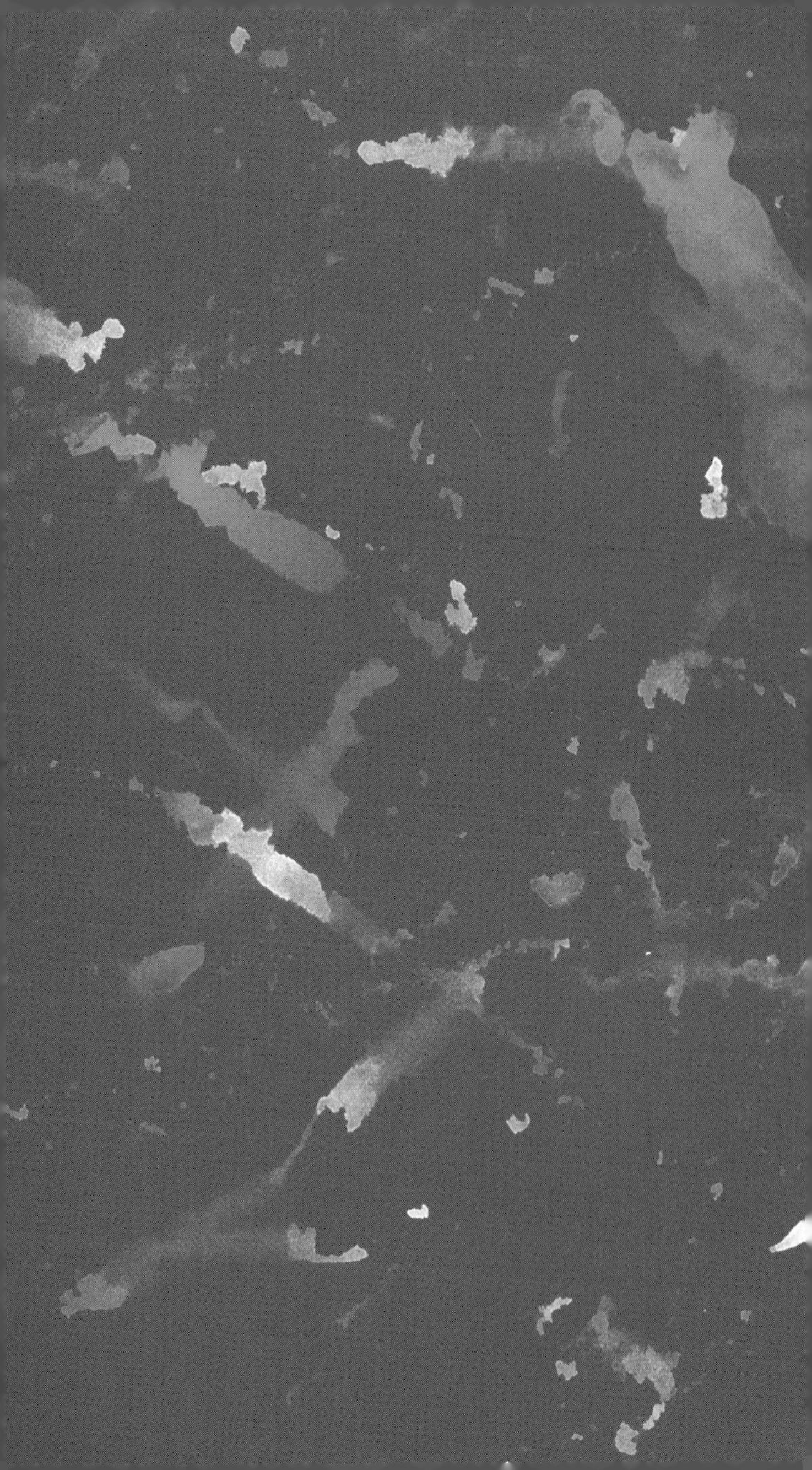

雪の記憶

ゆきばかま

田をあがりて 雪はかまを脱ぎ立ち行ける兵も死なずて たゝかひ移る――旧詠改作

谷のこだま

十四五年来の癖で、松の内が過ぎる頃になると、どうかすると、空耳《ソラミヽ》を聞いてならない。太鼓や笛の入り乱れた遠音が、よく揃つて響くのである。時々はその音を、色々な風景の上に浮べて感じることさへある。谷やら、峠やら、又村の枯れ木になつた桑畑の傾斜などの、深々とした雪の上を伝つて来る幻想が掠めるのである。

信州・三河・遠江三个国の境ひ山に散らばつた村々の初春の祭りに、以前六七年間欠かさず出向いた。或部落では雪祭《ユキマツ》りと言つた。ある字々《アザヽヽ》では、花祭りと称へた。唯、神楽《カグラ》とだけ言ふ小《コ》名《ナ》もあつた。さうした村々の祭りを見る為に、低い山路の、道も知れない雪の上を渉つて行つた。膝頭まである柔い粉雪の中に佇んで、ぢつと後先を見廻す。照つた日光が、雪の上に、薄くほの〲とした紫や、金の照り返しを浮かして居る時もある。

其辺の祭りは、若衆が心《シン》になつて勤めた。宵から舞ひ出して、翌くる日の昼前まで、舞ひとほすのである。夜中ふつと、祭りの座を外《ハツ》して、背戸などへ廻つて見る。見る物は真黒な山ばかりで、其上に星空がひろがつて居る。夜目のきく限りは、ほの白い雪の傾斜《ナゾヘ》である。そんな冷い雪の中から若い夢を破つて、飛び立つ鳥のやうな男女の幾群れかに驚かされる事があつた。春毎に行つて知りあひになつた山の若い人々が、続々と召されて、南北の支那へ戦争に立つた。去年の暮れに、偶然聞えて来たゞけでも、二人は既に戦死してゐる。

中でももつとあはれなのは、親類の若い衆の門出を見送りに、山を出て豊橋まで行つた還りに、乗り合ひ自動車で来て、其山の村の峠二つ手前の立て場の村の往還で、車と一緒に谷に落ちて死んで行つた老人があつたことだ。而も、其が唯の年よりだつたら、さうも思はない、此が、雪祭りを行ふ村々の間で、最正しい伝承者だと謂はれてゐた人だつたゞけに、胸の塞がる思ひがする。

駅鈴

樋畑雪湖[1]さんと言ふ方《カタ》を、逓信博物館に訪ねたことがある。何でも、地震のも少し前の事だから、もう二十年近い昔である。どんな用事で出かけて行つたか、其すら今では思ひ出せない。さゝやかな学会以外の座で逢ふ筈のない人だから、さうした席でゞも行きあつて、「私の方の蒐集でも見に来ませんか。」「どうぞ願ひます。」そんな話があつて、出向いたものでないかと思ふ。甚たよりない記憶になつてしまつてゐる。その樋畑老人も、どうなられたことやら、その頃三十代の私よりは、二十も上に見えたから、今居られても、七十は越して居られようし、何だかもう居られない様な噂を耳にした感じもする。

ひよつとすると、こんな事かも知れないと言ふ想像が浮んで来る。駅鈴を見せて貰ひに行つたのだと考へる。まあそんなことにして置くのが、一番適当なやうな気がする。此お人は、駅鈴の研究家で、以前どこかで、其に関する講演を聴いた覚えがある。

此お年よりの人柄だつたことは、其話のゆくたて——経緯——結著を思ひ起しても訣る。逓信博物館のかゝりあひから此蒐集・研究をはじめて、色々苦労をした。さうしてとゞのつまり、今まで見たもの・手に入れた物が、皆偽物《ギブツ》であつて、現存するものでは、此が実際用ゐられた駅鈴だと言ふことの出来るものが、一つもなかつたと言ふ話であつた。偶像破壊を見えに思ふ歴史家なら知らぬこと、考古家ともいふべき翁が、こんなことを言つたのは、頗意外であつた。其だけに物を欲する事の多い好事学者の中では、どこか自由な、淡白な人らしい気がした。かう書いて居て思ひ出すことは、ひよつとすれば、其頃絵巻物を見るのに執心して居た私だつたから、老人の詰めて居られた役所にある絵詞類を拝見に行つたのかも知れぬやうな気にもなつて来た。其はともあれ、冬の日のことで、其所に居る中に日がひどくかげつて寒くなつて来た。樋畑さんの居る部屋では音もしない。今はさうでもなからうが、大体逓信博物館は、逓信省があると言ふ立て前から、さうした参考品を置く蔵の様なものがあつてもよいと言ふ様なところで出来て居たものではないかと思はれるほど、閑寂な建て物であつた。一年の中に、一日一人の観覧人もなかつた日が始終あつたらう。事実私なども、後にも先にも、其時きりしか往つた覚えがない。ほこりつぽい静けさ。そんなものが漲つて居て、其に細々と薄い光線がさし交つて居る、そんな気のする室であつた。今からの回想ではどうにでも考へ歪められさうだが、右の御老体以外は、小使が一人居た位の感じが残つて居る。がらんとした広い建て物の中に、主として明治初年からの郵逓法の変遷を示す実物陳列品が、まるで不釣り合ひなほど、――京はづれの大寺に居るやうな気持ちがした。

閉館の時間が来るのに、何時までも迷惑かけてはと、樋畑さんの部屋に出かけて行くと、人は居ないで暖炉の火の気がなくなりかけて、白つぽく室の中につゝ立つて居た。南に向いた牕《マド》の外は庭で、相応な広さのあることを思はせるやうに、椅子にかけたまゝで、向うに四五本立つて居る木の根もとまで見えてゐる。

十二月も末に近い頃で、其年は割りに早く降つた大雪が、一度消えてまた降り直しが何時来ようかと言ふ様な年だつた様に思ふ。風が下の方から吹きあげて来て、地べたにからびついた枯れ葉が、めくり剝されたやうに、稀に飛んで行く。こんな微細な描写は、自分ながらさうであつたやうにも思ふ、又なかつたことの様な気もする。唯、はつきりと目に印象してゐるのは、木の根と根との絡みあつたうしろに、前日掻き寄せたのらしい雪が、低い堤の様に続いて居た様子である。其を見て身に沁む思ひがした。今もはつきりと浮ぶ。

私は五六年に渉つて職を失つて居た。冬になつても、いんばねす[2]もはふらずに、外へ出掛けて居た。ある時、私の先生の所へお訪ねして夜更けて帰りしな、「君寒いだらう。僕の外套をかけて行き給へ」。こんないたはりも、時によるものだ。寝てゐる子を起して恥しがらせることもないとは言へぬ。何とも思はなかつた私も、其から少々身なりを恥ぢる気が出て来た。ちようど此頃の事なのであつた。身に沁む雪の色。

（一九三八年 五一歳）

山の湯雑記

山の螺蠃《スガル》(1)の巣より出で入る 道の上 立ちどまりつゝ ひそかなりけり

前に来たのは、ことしの五月廿日、板谷《イタヤ》を越えて米沢へ出ると、町は桜の花盛りであつた。それほど雪解けの遅れた年である。高湯へ行きたいのだと雇ひかけて見ても、どの家でも、自動車を出さうとは言はない。まう半月もせなければ、船阪峠から向うが開きますまいなど、、皆平気でとり合はうともしない。そのうち一軒、警察電話で、白布《シラブ》の宿へ問うて見ようと言ふ家が出来た。二三个処、道へ雪のおし出して居る所はあるが、大体は谷へ落してしまつたから、大丈夫這入つて来られるだらうとの返事があつた。それでやつと、すこつぷを積みこんで、上にがつしりした男が助手に乗りこんで、山へ入り込んだ事であつた。でも無事に、東屋《ヒガシヤ》と言ふのに著いた。それからふた月、七月の七日に、またやつて来た白布高湯《シラブタカユ》は、もうすつかり夏になつて居る。どの家のどの部屋もあらかた人が這入つて居て、どんな時でも、縦横に通つた廊下の、どこかに人の音がして居た。

居ついて十日にもなると、湯に入る度数もきまつて来て、日に四度が、やつとと言ふことになつた。来た当座は、起きれば湯、飯がすんで湯、読み疲れたと言つては湯。こんな風にして、寝しなに這入る湯まで、日に幾度這入つたか知れない。冷える湯のせゐで、あまり湯疲れを感じなかつたからだらう。

一時が廻ると、西側の縁から日がさしこんで来る。山の日は暑いけれど、ほとりを伴うて居ないから、ぢつとして居れば、居られない程ではない。が、三時半にかつきりと、前山の外輪にそれが隠れて、直射は来なくなる。それまではきつと出あるく事にして居た。

古くから聞えて居る最上《モガミ》の高湯と、山は隔てゝ居るが、岩代の国の信夫《シノブ》の高湯と、それに此白布と、五里ほどの間に、三つの高湯がある。峡間《ハザマ》の湯でなくて、多少見晴しが利く位置にあるからの称へである。

白布の高湯は、少し前がつまつて居るが、其でも、両方から出た端山間に、遠い朝日嶽など言ふ山の見える日が多い。見渡しの纏つて居て、懐しい感じのするのは、何と言つても、信夫の高湯だらう。だが、米沢・新庄・鶴岡などの駅々で見た、宣伝びらでは、今年は信夫の湯に力を入れて評判を立てたやうだから、定めてあの山の上の数軒しかない古い湯宿が、立てこんだことだらう。作事小屋・物置部屋などに、頼んで泊めて貰つた客などもあるであらうと思ふ。最上の高湯は、何にしても、人がこみ過ぎる。出羽奥州の人たちは、湯を娯しむと言ふより、年中行事として、尠くとも一週間なり、半月なり、温泉場で暮すと言ふ風を守つてゐる。さうした村々から、女房たちや若い衆が、大きな荷物を背負つて、山を越えて来る。最上の湯は、其ばかりか、温泉その物が、利きさうな気をさせる。其ほど峻烈に膚に沁む。東北には酸川《スカハ》・酸《ス》ヶ湯など、舌に酸つぱいことを意味する名の湯が、大分あるが、我々の近代の用語例からすれば、酸いと言ふより、渋いに偏つた味である。最上高湯は、狭い山の湯村に驚くばかりの人数が入りこんで居る。宿と宿とが、二階の縁から縁へ跨ぎ越えられるほどに建て詰んでゐる。其で居て、何だか茫漠とした感じのあるのが、よさと謂へる湯治場である。

　昼貌の花　今日ひと日萎れねば、山の雨気《アマケ》に　汗かきて居り最上の湯でのものだつたと思ふが、歌の方が却て、少し鄙びた感じを出し過ぎて居るやうで、よくない。ひよつとすると、蔵王の山を一つ隔てた向う側の青根温泉で出来たものかも知れない。創作動機など言ふものは、瞬間に通り過ぎるもので、こんな部分までも、記憶に残らないことがあるものである。

蔵王山の行者が、峰の精進《シヤウジ》をすましての第一の下立《オリタ》ちが、此高湯だとすれば、麓の解禁場《トシミバ》が上《カミ》ノ山に当るわけである。其ほど繁昌して居て、亦年久しい湯治場だらうのに、未に新開地らしい所がある。青い芝山の間に、白い砂地があつて、そこが材料置場になつたりして居る。思ひがけない町裏から三味線の音が聞えて来たりする。

其処から西へ向けて、米沢海道を自動車で来ても、又道に沿うて居る奥羽本線の汽車からでも、ほんの一丁場と言つたところに、赤湯の湯場がある。青田の中で、ちよつとした岩山の裾によつた処である。上ノ山をまう一層鄙びた風にした様なところで、湯村を離れて海道を歩いて見ると、飛び／＼の村家の姿が、風情深く見られた。其処から又一丁場西へ来て、米沢である。白布との間が、自動車でせい／″＼五十分しかかゝらないので、つひ／＼山をおりて、米沢へ出ることが多かつた。

　暑き日のたまさか 山をおり来たり、町場に入れば 疲れつゝあり

百貨店のない都会は、何となく落ちついてゐる。購買力を誇張しないだけでも、町びとの暮しが何となくしつとりした素朴を保つて行くことが出来るのであらう。

半月ほどにしかならないが、やつと前に開通したばかりの鉄道線が、越後へ通つて居る。米阪線と言ふので、名は何だか小商人《コアキンド》の屋号のやうである。私はほんの此少し前に、此汽車で越後境へ這入つて見た。新潟県へ這入つて、小国《ヲグニ》と金丸《カナマル》との間を、まだ汽車が通はないで居た。鷹の巣と言ふ山の下にある温泉へ行かうと思つて行つたのである。去年の秋の末、鉄道が通つたばかりの小国の村は、其でも終著駅らしい様子を、駅前の運送店や、飲食店に見せて居た。だが此も、まうこゝ半月位で、多くの客の素通りして行く静かな山間の宿場に還るのだと思ふと、内容は違ふけれど、田山(2)さんの作物にあつた「再び草の野に」と言ふ表題が、胸を掠めた。小綺麗な料理屋の二階から川を見おろす座敷に通つて、鮎を焼かせようとしたが、まだ解禁にならないと言ふ。多くの平野の川々では、やがて復禁れいふの時期に入らうとして居るのに、山

の中ではまだ鮎が小さ過ぎると言つて居る。旅行した先々で鮎を頼んで見ると、十月末になつて、さび尽してもまだ禁猟にならない処もあり、禁猟など言ふことが、鮎にあることすら知らぬ地方もある。中食《チウジキ》の払ひをして見ると、普通から言ふ町でとる値段の倍以上もつけておこしたやうである。此も後半月、汽車の通過するやうになる時までだらうと思ふと、をかしくなつて来た。

越後金丸《エチゴカナマル》・越後片貝《エチゴカタガヒ》など言ふ新駅も、出来たばかりで、まだ人影もなく、深い山の中に真白に静まり返つて居た。其等の前を自動車は通つて、あてにして来た温泉場へ著いた。秋の末になると閉めて帰り、春深く雪どけの頃、宿主は戻つて来ると言つた。信州の佐久の奥からやつて来るのだと言ふ。さう言へば、此辺の景色が、千曲川の上流と何処か似て感ぜられる。景色のとり入れ方はむやみによいが、川の砂や石、第一、岩壁の色が、如何にも美しくない。其が味を薄くしてゐる。こゝで一晩とまつた。村上あたりの中等学校の生徒だらう。五六人来て、宿の庭の岩陰に、てんとを張つて居る。数年前から旅行すると、よくかうしたきやんぷ連中に出あふ。

荒川と言ふ其流れについて下つて、高瀬とか言つた宿屋数軒、外湯一棟と言ふ処も見て、湯沢温泉へ出た。そこで一軒、山の流れの行きどまりになつたところの両側に跨つて建つて居る家に休んで、越後下関《エチゴシモゼキ》駅発の汽車の時間を待ち合せた。規模は小さいが、川の砂を掘り窪めて、村の子どもが泥の浴槽を造つたりしてゐる遊び場が、鼻の先にあつた。湯の量も相当にあるだらうのに、元湯の一棟を数室にしきつた家族風呂を建てゝ居た。かう言ふのをすくのが、此頃の客人気質かも知れぬが、宿屋の為に気の毒な気がした。

下関の村は、月六斎《ツキロクサイ》の市日の一つに当る日で、賑うて居た。軒並び覗いて見ても、隅々までも都会化した品物ばかりが並んでゐる。目につく物は、凡てぶりきか、せるろいどである。なるほど、所謂げて物が骨董並みに考へられる訣だと思ふ。もう山もこゝまで来ると、余程開けて、阪町までは、一続きと言ふ気がする。

ことしはどう言ふ訣か、何処へ行つて尋ねても、山は岩魚のとれない処が多かつた。やまめや、かじかすらあまり喰はしてくれる処がなかつた。白布も高湯まで来ると、川が細つて居るが、それでも岩魚は、始中終《ショツチユウ》とれて来た。尤、稀に大きいのがついて来るのを、「此川のですか」

と問ふと、きつと外処《ワキ》の川から来たものだとの答へであつた。小形《コブリ》だけれど、こゝろもを掛けて揚げたりしたのは、却てよかつた。湯場から一里もさがると、大白部《オホシラブ》・小白部《コシラブ》など言ふ村があつて、水の手がよいと見えて、谷から可なり高い処に、田地が多く作られて居る。稲は相当に伸びてゐるのに、苗代田はまだ水を張つたまゝ、豆も作らずにある。豆で思ひ出すが、此畠を荒すと謂はれてゐる郭公が、まだ時季《シュン》は過ぎないのに、初めから鳴いた事がない。此辺の山間に居ないのか知ら。時鳥は、其も時々だが、宿の前の右に山を負うた杉林の中で極つて鳴く。忍び音と言ふやつで、非常に声が小く、節が細かく聞きなされる。鶯ばかり居て、其外は、何の鳥も鳴かぬやうな山である。其ももう今になると、谷渡りなどは、あまり高音を揚げることが出来なくなつてゐる様だ。山の傾斜《ナゾヘ》や、少々坦《タヒ》らになつたところなどは、大抵、篶竹が深く茂つて居る。そんな中に籠つて鳴いて居るのは、何処へ行つても、鶯の癖と見える。山へ来た当座は、毎日篶竹の筝《タケノコ》が膳について来た。其中出なくなつた。聞いて見ると、もう長《タ》け過ぎて歯に合はなくなつたのだと言ふ。山では、昔から此地竹の筝を喰べて居たのに不思議はない。其が缶詰になつて町場へ出るやうになつたのは、まだ十年にもならないことである。荒年続きで苦しんだ東北の農村で考へ出したと言ふ新聞記事すら、まだつい此頃見た事のやうな気がする。

耳近く鳴く鶯は　篶のなか　青き躑躅《ツヽジ》の　時に立ち居る
おほらかに　人のことばの思ほえて、山をあるくに　いきどほりなし

地竹に縁があるのもをかしいが、やつぱり今年は、度々これを喰べた。七月の五日、鶴岡の町であつた先師三矢重松先生の歌碑の除幕式に出掛けて、其後ずつと出羽の山々を歩いて居た訣だが、あの次の六日の日は、羽黒山頂上の斎院で泊つた。友人なる山の宮司が肝をいつてくれて、夕饗《ユフゲ》は二の膳に到るまで、一切山の物ばかりであつた。其中では、やつぱり月山筍《グワツサンダケ》が一番印象してゐる。おなじ地竹と言つても、羽後の三山に亘つて生える笋は、唯の篶竹のよりは肥えてゐる。鶴岡の市場へ行つて見たら、此が沢山出て居た。ちよつと見には、茗荷の長いの、様な感じがして居た。さうした舌の記憶を思ひ起すやうな事があるのは、誰もある事である。山や野の長い道の中で此追憶の来る時は、やるせないものだ。と言ふことは旅をする者だけが知つてゐる。さう言ふ道を通つて、二十町も登ると、高湯とは別な湯元がある。小さな湧き場

だが、お釜と言つて、三山の湯殿山を思はせる様な恰好で、温泉が岩伝ひに落ちて居る。此湯は、里人が神聖がつて居たのだけれど、やはり白部の村人が、これを引いて湯宿を開いてゐる。お釜の二町程下に、二階屋のあぶなく立つて居るのが其だ。新高湯と言ふ。高湯から歩いて登るのにちようど頃合ひなので、三度もやつて行つた。宿の女年よりと知り合ひになつて、色々な山の菜を出して貰つた。漬け物部屋までついて行つて、説明を聞いたりしたものである。あいこ・どほな・みづぶき・ごうわらび・ほときまだ色々試して見たが、多くは忘れた。其中、ごうわらびと言ふのが、異様に歯や舌に触れた。どほなと言ふのは私がすきで、信州の山中から時々とり寄せてゐるうとうぶきと同じ物であつた。山の菜としては、うとうぶきがやはり、本格的な薫りと、味ひとを持つて居ると言ふものだらう。柳田國男先生にお裾わけしたところが、先生も忽、うとうぶきの愛好者になつてお了ひになつた。

　夕深く　山の自動車は　山鳥の道に遊ぶを　轢き殺さむとす

旅に出る前、私は斎藤茂吉さんに逢つた。出羽の温泉の優れた処を教へて下さいと言つたところ、白布の外は肱折《ヒヂヲリ》だなあと話された。私は、雄勝・院内を越えて、秋田県の鷹の湯に一夜、引き還して新庄から肱折に這入つて一晩を泊りに出かけても見た。やつぱり肱折はよかつた。新庄からあんなに奥へ這入つて行つて、あゝ言ふがつしりした湯の町があらうとは思はなかつた。どの家も大きな真言の仏壇を据ゑて、大黒柱をぴか〳〵させて居ようと謂つた処である。湯を呑んだ味は、今まで多く歩いた諸国の温泉の中では、一番旨いと思つた。一つは、私の味覚に最叶ふ炭酸泉の量が多いからであらうと思ふ。が、其ほかにも、かはつたものを含んでゐるやうである。私は此湯場を中心にした色々な湧き場を歩いて見た。こゝは標高はわりに低いから、真夏の今頃よりは、もつと涼風立つて、農村の忙しくなつた時分に、静かに入湯に来たいものと考へる。

をみなごの立ち居するどし。山の子に　よきこと言ひて　人は聞かさず

八月の中頃になつて、ちつとでも東京に近寄つて居ようと言ふ気が動いたのであらう。つひ栃木県まで引き還して来た。さうして今は、奥那須の大丸塚に居る。傾斜の激しい長い沢が、高い処から落して来て、こゝで急に緩くなつて居る。さうした、両側の巌の間から湯が流れて、湯川になつてゐる。旧暦の七夕の星空もこゝで見た。八月の九日月も、川湯に浸つて眺めた。

やがて、此月が円かになるまでは、こゝに居ようと思つて居る。
東京に帰らむと思ふ　ひたごゝろ。山萩原に地伝ふ風音

（一九三六年　四九歳）

山の音を聴きながら

ようべは初めて、澄んだ空を見た。宇都宮辺と思はれる空高く、頻りに稲光りがする。もう十分秋になつて居るのに、虫一疋鳴かない。小山の上の大きな石に腰をおろして居ると、冷さが、身に沁みて来るやうだ。物音一つしない山の中に、幽かに断え間なく響いて居るのは、夜鷹が谷の向うに居るのだらう。八時近くなつて、月の光りが明るくさして来た。八月末になつて、豪雨が三度も来て、山は急にひつそりしてしまつた。ま昼間、目の下の川湯に浸つて女や子どもなどが物言ふ声も、しんかんと響くくらゐである。山の湯宿の夜といふものは、何かみじめらしい穢さを感じるものだが、こゝは、一向さつぱりと静まつて居る。茶臼嶽や、朝日嶽の山襞がはつきり見えて来た。目の前の爪先上りが、一気に小半道も続いて居て、硫黄精煉所まで行つてゐる。さう言へば今も、二人連れの若い男が「お晩でございます」と声をかけて登つて行つた。其がもう、あんな高い処でほの暗くちらついて居る。

私は、月の光りの照つて居る石高道を歩いた。十四五の頃、初旅に出て以来、ひとりこんな晩に歩いた事が、幾度あつたか知れない。近年は旅をしても、多くは道連れが誰かある。芭蕉などでも、治郎兵衛[1]を伴にしたり、曾良[2]を連れたりして、ひとり旅の味は、わりに身に沁みなかつたらう。こんな事を考へたこともあるが、思ふとさうばかりも言へない。気持ちの遠い人と歩いて居ると、心は何となくうはついて居るものだが、自分の身に近い者が一処だと、二つの心が一つ事を感じてゐると言ふのか、自分の心が連れの心に乗りかゝつて了ふと言ふのか、しんみりした気持ちを持ち合つて行くものである。旅の心が伴ふ危険や煩ひをすつかり、同行者が負担してくれるだけでも、尖つた寂しさではなく、何かから、円かな寂けさと謂つたものが、心に漂うて居ることが多い。

けれども、芭蕉のやうなえらい人は別だ。我々はやつぱり連れのある旅は、のどかになるに過ぎる。広い野原に立ち停つて、もう旅をやめてしまはうとたまらなくなつて来る気持ちは、苦しいけれども、旅が身に迫つて感ぜられる。さうした心は、此頃、あまり起らなくなつた。よくさうした心持ちは、まう一つ、やゝ大きな暈のやうなものを伴つて起つて来がちであつた。人生に倦んだとでも言へるやうな心持ちである。旅だから、よしも還り入る家はあるが、此が生涯だつたらどうする。こんな事を考へるよりも先に、かう言ふ形をとつて心持ちの上におつかぶさつて来る。旅に出て謂はれなく死んでしまふ人の気が訣る。出来心と人は言ふ。又、いはれなき謂はれを求めようとする理づめの世間になつて来たが、旅の切ないある気持ちは、少数の人とだけは咄しあへさうな気がする。出来心でさへもない。やつぱり旅のみが持たせる負担といふか、たまらない倦さが、人生の倦さに一致してしまふからである。根本は、旅のつらさから来るには違ひない。殊に大きな山を歩いて居る時が、一番この気まぐれと謂へば言へる気分に這入り易い。さうした引き続いた気分の後、見わたしのきく場処などに出ると、急に人間感を飛躍してしまふやうな事になるのではないかと思ふ。

併し、あゝした切ない気持ちをぢつと持つて歩いて居ると言ふことは、此上ない張りつめたものである。感傷と謂へば感傷ではあるが、みじめながら、小いながらひとりの気持ちを、謙虚に、而も張り裂けるやうに持ちながら、とぼ〳〵と歩いて居るのだ。

木の葉のさやぎも、草原の輝きも、水の湍《タギ》ちも、家と家とのたゝずまひも、道の迂《ウネ》りも、畠や田の交錯して居るさまも、一つ〳〵心にしみ〴〵ととりこまれて行く。

私が旅をしても、この頃、世間の所謂低山ばかりを歩いて居るのは、一つはさうしたやるせないものから身をかはさうと言ふ気があるに違ひない。

国木田氏[3]の書き物に執した人々の間には、「忘れ得ぬ人々」と言ふ短篇が、よく話題になる。あれは、題目がまづ、人々の聯想を活潑にはたらかす。読む以前既に、読者の書く小説が、めい〳〵の心を唆るのである。其から、その小説と、独歩の書いてゐることゝが、方向を一つにするものにあふと満足を感じる。ところが、国木田氏の一つの新しさでもあり、真の新しさではないが、――反語的な考へ方・物言ひが、聴く人々の心を、うつちやる。さう謂つた書き方にあふと、読者は正直に、自分の小説よりも、作者の小説の意表に出る点を感じるのではないか。だが要するに、色々な放浪味のある旅に寄せた散文詩篇数種を集めたものである。何より、その英詩を思はせる清楚と謂はれる筆あたりが、人を引きつけたのである。あんな短篇をかれこれ言ふのは、故人に対しても申し訣ない事だし、亦そんなことを問題にしようとするのではないのだが、あれでは、旅の気分における詩に過ぎない。もつと徹したものがないことには、旅の作品に、旅の主題が出て来ないものである。

日本には、近代頃「紀行」文が行はれて、文学に志あるとないとに繋らず、大抵の人は、此を書かないことはないほどである。其だけに早く型のやうなものが、人々の心々を支配して居る。其型らしいものは、土地の味も、人の心も見ない。まして旅行者自身の心の推移などには、貪著を持たないやうな書きぶりをすることである。謂はゞ叙事一遍に過ぎない。近代の紀行は、殊に漢文学徒の書いたものを目において居る。だから、游……記・……紀行など言ふ文章が持つて居る叙事気分を外にしては、書けなかつたのである。

旅の日記に哀愁の漲つて居るのは、恐らく若山氏[4]の多くの紀行であらう。今度、久しぶりにこれを見かへす機会が出来た。氏からあの哀愁と酒の気分をとつたら、もつと歌が、かはつた、望ましい方へ進んで行つて居たことゝ思ふが、紀行も亦さうである。

平凡な旅もして居るけれど、私たちが見て感心することは、羨みに堪へぬよい道筋を多く知つて、其を通つて居ることだ。「短歌文学全集」の散文は、編纂があまり巧妙過ぎて短く截られて居る憾みはあるが、其からでも、読んだ色々な文章を思ひ現すことが出来る。何しろ、あの人の生れたのが、既に私どもには魂をゆすられるやうな心地で通り過ぎた土地である。日向の美々津川の辺と言へば、三十代の私の旅行にも殊に印象が深かつた。あゝ言ふ辺で養はれた耳目を以て、見て廻つたのだから、山や海の感じ方も、よほど違つて居たらうと思はれる。文章には、あの感傷と、嗜好とが障碍になつて、之をひと通りの叙述にさせてしまつた処が多い。

　車井のあと多く残る並木原　国古くして、家居さだまらず

美々津まで出てしまへば、村の家々が密聚して居て、朝夕の為事も人顔のちらつく処を離れないが、大隅寄りの、其も高原がゝつた地方になると、国原を歩いて居て、何時間も人に逢はなかつた。雑木原と黒木の林だけなら、其でよいが、ところ処桑畠がまじつて居て、却て人恋しいやうな寂しい気がした。海原の真中に、荒い芝が長く生えて居たり、山の鳥がそんな叢に出入りの姿を見せることもあつた。

確かまだ武者小路[5]氏の「新しき村」が開かれない時分で、あの辺になつてゐたのだなと、後に

思ひ合せた茶臼原《バル》の曠野をも横ぎつた。
野は唯青くて、殊に夏のことだつたから、こぼれ生えの槿の木が多かつた。見わたす荒野に人近い気をさせる槿が林叢《ボサ》をなして、午後になつても、花が大きく咲いて居たのが、今も奥日向の印象を幽かなものにさせて居る。若山氏の「樹木とその葉」は読まなかつたが、あの集で見ると、沼津千本松原の新居に近い畔の槿の事が書いてある。「この花を見る毎に秋を感じ、旅を思ふ」などゝ述べてゐる。この花に、名状出来ない懐しみを感じたこの人の心持ちは、私に説ける様な気がする。少々詩を持つた言ひ方をすれば、やつぱり日向の外に日向を求めようとして居たもの、としか思はれない。

　最上川ぞひに　ひたすらくだり来て、羽黒《ハグロ》の空の夕焼けも　見つ

世間にもおなじ考への人があるのだらう。二等車の隅で静かに目をあいて、ぢつとして居て、人が這入つて来ると、何となく神経のさゝくれを見せるやうな人が、乗つて居るものである。汽車にも時季《シュン》と言ふものがあつて、静かな気持ちで半日も乗り続けたことが忘れられないで、廻り道でもあり、目的地をふり替へなければならなかつたりするのだけれど、わざ〳〵其線を

選んで乗つたりすることがある。さうした場合に限つて、えて、そんな安らかな期待が、蹂躙せられる。議員選挙の助勢に出掛けて行く一群が、もう降りるか〳〵と思つてゐると、私たちの乗ると、同じ位の距離をしやべり続けて来ることがある。あゝ言ふ人たちの人もなげな物言ひは、時にはほゝゑましい思ひを動すことがないでもない。

（一九三六年 四九歳）

沖縄を憶《おも》ふ

一

秋の日は、沖縄島を憶ふ。静かに燃ゆる道の上の日光。島を廻る、果てもない青海。目の限り遥かな水平線のあたりに、必白く砕ける干瀬《ヒセ》――珊瑚礁の波。私は、島の兄弟らが、今どんな新しい経験をしてゐるか、身に沁みて思ふのである。

島の寂しい生活も、も少し努力すれば、心だけは豊かにさせることが出来た筈であつた。元々、我々「本土日本人」と毫も異なる所なき、血の同種を、沖縄びとの上に明らかにすることなく、我々は、今まで経過して来た。今になつても、まだしみ〴〵と血を分けた島の兄弟の上を思ひ得ぬのは、誰よりも、歴史・民族の学徒が、負はねばならぬ咎である。

我々と、島の兄弟とが、血と歴史とにおいて、こんなに親近な関係にあつたことを、本土と、島の全日本に、もつと早く学問の上から呑みこませて置かねばならなかつたのである。どうしても離れることの出来ぬ繋りと、因縁とを、なぜはつきり告げて置かなかつたかと言ふ後悔が、此頃頻りに私の心を嚙む。

支那から殖民したものゝ子孫だといふ風に、沖縄びとの出自を空想してゐたことが久しかつた。その妄想が、少くとも島の知識人の間では、近年可なり正されて来てゐた。我々の兄弟であることを悟つて喜び誇り、手を取つて、相離れぬ深い因縁を感謝したことであつた。併し其間も、日本本土の人々は、知識あるも、又それの乏しきも、さう言ふことには、関心も感激も、持たぬ様な顔をしてゐた。けれどもさすがに、半世紀昔のやうな、新しく領属した島及び住民だと謂つた考へ方は、せぬ様になつて居た。

くり返して言ふ。

沖縄の人々は、学問上我々と、最近い血族であつた。我々の祖先の主要なる者は、曾ては、沖縄の島々を経由して、移動して来たものであつた。其故、沖縄本島を中心とした沖縄県の島々及び、其北に散在する若干の他府県の島々は、日本民族の曾て持つてゐた、最古い生活様式を、最古い姿において伝へる血の濃い兄弟の現に居る土地である。此だけは、永遠に我々の記憶に印象しておかねばならぬ事実である。

この島々、今後地図の色わけはどうなつて行かうとも、寂寥なる人生の連続することにおいては、ちつとも変ることはないだらう。さう言ふ島の人生の間にも、この血の歴史を思ひなぐさむよすがとして、空漠たる此から先の長い年月を、健康に長らへて行つてくれたまへ、と私はから言ひたいのである。

二

島にはまだ、独自の芸術の生まれる機会はなかつた。さう言ふ博い人生の存在を暗示する文化が興るには、島の社会は、狭きに過ぎてゐた。たとへば、些少の誇張を用ゐれば、王宮の門と、町民の背戸とは、相望むことが出来た。事実においても、「尚《シヤウ》」王家の数代前の御主《ヌオシ》「顥王《カウワウ》」(1)など言ふ御人は、離宮で作つた瓠《フクベ》を、那覇の市で売らしめた。人之を「王様瓢《ワウガナシチブル》」と称へて、購ひ求めたと伝へてゐた。其程、王と市民との生活は、接近して居た。ほゝ笑ましい生活ではあつた。が、あまりにも世間が狭過ぎた。歴史上久しく、日本と支那に両属すると謂つた、首鼠両端の生活を破算して、元の姿に戻つたのは、明治初年以後のことであつた。彼我共に、歴史と歴史以前の民族の繫りに知識乏しい人々は、此時を以て、琉球が支那領を離れた時だと言ふ風に誤解して来たのである。此ほど、間違つた事はない。我々の親しい琉球の歴史・民族をそんな風に理会し、整頓して居たのだから、今日のやうな形に到達したのも無理はないとも言へよう。

藩籍奉還の後、俄浪士の嘗めた辛酸は、激しかつた。殊に江戸の町侍は、最苛烈な経験をした。琉球でも、廃藩後日清戦争までと言ふから、二十年の長きに渉つて、首里の旧士人の生活は、全く傷ましいものだつた相である。蛇皮線を愉しむだけの余裕すら失つた彼らは、唯二人三人相寄つて、ひそかに指拳《ナンコ》を遊んだと言ふ。今も一つ話に伝へてゐる。大きな社会を背負はないところには、当然芸術に対する擁護力も考へられない。又、一躍して大芸術の生れる素地となるべき、面の広い技術なども、興つて来にくいものである。だから芸能はあつても、芸術に飛躍する時がなかつた。芸術に迫る程の芸能はあつても、其を躍進するだけ技術が進んでゐなかつた。

民俗芸術と、一口に言ふが、その内容は、水と油の様なものを一つにして、命《ツ》けた名である。所謂民芸など略称せられてゐる造形物には、家具調度の外に、農具・建築の類まであつて、其が更に、もつと広い言語技術に関するもの、舞踊・演劇の素朴な種類まで含む。芸能といふ語を以てしても、やはり此位の範囲は、指すことになつて居る。

芸能と謂つてよい限りに於いては、沖縄には可なり優秀な物と件とがある。画や建築は発達しさうな種子を十分に示して居ながら、狭い社会が、之を発揮せしめなかつた。

手芸に属する所謂「民芸品」は、柳宗悦[2]さんの同人方が、ほゞ調査し尽して居られる。殊に女の手芸に、著しいものがある。何しろ島の月日は、「暇」と「根気」とに飽かせた為事をするに、十分であつた。「紅型《ビンガタ》」として、以前から愛好者のあつた染め物などを見ると、家庭工芸の虔しやかな成迹の、段々高まつて来た径路が感ぜられるのである。

三

沖縄には種類は少くても、他に類例がない程、壺屋の技術が発達した。つまり琉球焼きといふのが、其である。瓦と壺との間を行く様な物で、実は、墓に置く骨甕の用が多い所から、出来た産物である。却て泡盛容れの徳利などは、沖縄の地出来ではない様である。

古渡りの工芸品といへば、玉《ギヨク》の類だが、之は古くは、首里王宮から下げられ、後には佩用者自身が買ひ求めるやうになつたらしいが、その水晶或はがらす玉を貫いた御統《ミスマル》の珠の多くは、我々の夢にも知らなかつた間に、本土の玉磨りの手から交易して求めた物が多いらしい。今日見ると、極めて古い由緒を言ひ立てる邑々の巫女の伝へる物も、心惹くこと少き工芸品であつた。だが、記録も伝説も伝へず、想像すら入れる余地のなかつたやまとと島との交通が、かういふ品々から考へられて来る。

織りと染めとは、やまとでも、王朝の昔から、家庭の女、殊に主婦の手わざの第一義的なものであつた。やまと女は、早く染め物だけは、専門の染め屋の手に任せることになつたが、島では今も、年中手を藍色にして、女たちが染めの工夫にうき身をやつしてゐる。女の為さうなことで、之に手をふれるのを厭うて居るのは、楽器類殊に三味線——所謂蛇皮線である。之を弾く者は男であり、女は遊女に限つて、糸を爪弾く。だから、「何々節《ブシ》」と謂はれるものを謡ひ乍ら三味線を弾くことは、紳士の表芸としてやまとの社会よりも、高く見られて来た。唄も踊《ヲド》りも、地方では男女共に謡ひ又は踊る機会は多く、訝しまれることもないが、都ではやはり、男芸となつて居た。田舎の唄・踊りは、まだ風の音・浪の響きさながらの歌であり、野の魅霊《スダマ》・山の木霊《コダマ》の踊りを思はせるほど、自然の中から遊離したばかりの感じの深いものだが、首里那覇のは、既に芸能から、芸術にすら踏み入つてゐた。其だけに、之を謡ひ踊りする者は、本格的には、男のすることであつた。唄も踊りも、さうして地方のものを、都会でとりあげ、修正し整頓し、主題を明示した。多少とも芸術的評価を受けてよい「某々節」と称する多くの曲目が其だ。其だけ自然の魂魄は、地方民謡にあつて、王宮貴族の間で改調せられた謡には、正雅はあつても、純朴は失はれて居る。踊りの場合だつて、同じである。都の踊りは、芸術として見ても相当なものはあるが、やはり潑剌とした所を失うてゐる。さう言ふこと自身が、この舞踊の価値と品位のある所以だとさへ思はれて来た。今は、良家の女の踊ることもあるが、やはり正しくは、男が女装して踊るのであつた。

併し琉球舞踊として、誰が見ても、特殊な感覚、異常なる新鮮味、更に、島の芸能としての価値の大半を定める異郷趣致は、地方的な踊りに、見られるのである。却て芸術化した御殿踊りとも言ふべきものには、それが失はれて居る。殊に、地方の男女が月夜、謡ひ乍ら踊る毛遊び《モウアソ》その他の群舞、伝説を断片化した短篇舞曲などの早間なものに、沖縄芸能の高潮した情熱を疼《イタ》い程に感受するのである。

だが、此種の地方舞踊と御殿踊りとを折り合せ、編曲の基礎をやまとの申楽能や歌舞妓狂言に取つたと思はれる組踊りは、楽劇として、最異色のあるものであつた。

風のたよりに聞けば、今度の壊滅で、三味線を弾く紳士たちは、あら方戦死したらしい。組踊りを演出することの出来る先輩役者も死に絶えた。辛うじて其部分々々を習ひ覚えた中年の俳優たちも、流離し尽したらしい。

国頭《クニガミ》(3)の山の緋桜のやうに、寂しいけれど、ぽつかりとのどかに匂うて居た沖縄の音楽・舞踊・

演劇を綜合した組踊りも、今は再見られぬ夢と消えてしまつたのであらう。

あゝ蛇皮線の糸の途絶え――。そのやうに思ひがけなく、ぷつゝりと――とぎれたやまと・沖縄の民族の縁《エニシ》の糸――。

（一九四六年 五九歳）

見る〳〵暮れて行く港の細い水道を見おろして居た。たゞ私の目だけが、暗くなつて行くのではないかと言ふ不安が、心に沁みて暫らく離れなかつた。

大正十年九月初め、まだ暑い盛りであつた。琉球諸島の長旅の末、鹿児島にあがり、又九州を通り越して、壱岐の島へ渡つたのである。もう明日から復、島の家々を探訪して廻るはりをなくしてしまつた気になつて居た。

壱岐国郷野浦《ガウノウラ》、夜は早く静まつた。町の、乏しい火を見おろす岡の上の宿では、虫が鳴き、どこかで間断なく囃す川祭りの太鼓の遠音が聞えた。竹の台らんぷがめのつぶれた様な畳を照し、更に庭の芙蓉を明り出して居た。……

其でも夜が明けると、暑い照り返しの中へ歩き出した。朝からもう若い蜑[1]の男と道連れになつて、遠い道を下《クダ》つて居た。船魂のさゝやく声・水死人を祀つたえびす神の話・百合若説経を語る巫女の物語、私の心は送迎に遑ない珍しい民俗を耳にして、くたぶれたまゝでは居られなかつた。さすがにまだ三十代の弾みが失はれて居なかつたのである。

さうして一週間過ぎ、十日過ぎ、明日は、逗留半月に及んだ島を出る小蒸汽で、唐津の岸、呼子《ヨブコ》へ渡ることに心をきめて、夜露のおり出した道を宿へひき返して居た。

ふと心を掠めたのは、この道の中途に在る村の物識りのことである。一度問ひたいと思ひながら、尋ねることが出来ないで居た忙しさである。夏の空がすつかり夜空になつたのだから、九時にはなるだらう。だが、逢はなければ、此人だけが知つた話と謂つたものを、聞き落すことになりさうな気が頻りにした。

道端の休み茶屋のやうな家に立ち寄つて、其人の家をきくと、これから半道もひつこんで居る。今からは大儀だらうから呼んで来てやらうと言ふ懇さである。私は待つて居た。十時過ぎて、畠を縦横に横ぎり乍ら、出て来てくれた人は、まだたいした年でもなかつた。其でも、聞くこと問ふこと、蚕が吐くやうに話の糸筋あざやかにくり出して答へてくれた。控へ帳に今も残つて居るのは、其時のほんの僅かな聞き書きで、大方は記憶のあちらに消え入つてしまつた気がする。

夜も更けた。郷野浦までまだ一里もある。思ひきつて還らうと立ち上つた私を、手で押へて、も一つ是非お聴きに入れたいことがある。聴いてくれまつしゆか。承りませう。そんなことで又一時間、私が宿へついたのは、一時前であつた。

其話といふのは、話のやうで話ではない。何だか節があるやうで、ないやうである。どうも立て板に水と言ふが、其やうに読み下す風の調子なのである。名を聞くととらどうまるの物語と言つた。とらどう丸と言ふ美少人が、長者の姫の館へ通ふくだりを中心として、其を妨げる長者の家来が、後から／＼討たれて、何十番切りかになるのである。

其は話ですか。話でございまつす。そんな事を書いた本があるのですか。いや、以前から、かう言ふ風に覚えて居ます。こんな問答で、物語の大半は聞いたが、出処をあかさない其老人とも別れてしまつた。二度目に島に渡つたのは、其二年後である。此時は馳け違つて、逢はずじまひであつた。其から十五年にもなるのだから、此人も、とう／″＼、あの島の静かな墓の主になつて居るであらう。こんなことを時々思つたりした。
ところが、去年、白秋[2]さんが杏雲堂へ入院せられた頃になつて、十一月出の「多磨」をくり返して見て居ると、あつた。波多江種一[3]さんといふ、鹿児島の方の小論文である。「御伽草子『ふくろふ』の謎」と言ふのである。

其を読んで、関聯した二つの話を、一時に思ひ出した。壱岐の島の薄月夜に聞いた、とらどう丸の物語。其から、島のとらどうにも、さうした謎のあつた事である。其を今まで、何にも聯絡させる事なしに忘れぬいてゐたのである。

私はどうも、あの読みくちから、島の師《シ》の房《バウ》――琵琶弾き盲僧――の台本にあるのではないかと言ふ気がして居た。其で、二度目の島渡りには、師の房の家々について、とらどう丸の物語といふのを知つて居ますか、と聞くことは忘れなかつた筈だ。

だが、知つた盲僧は一人も居なかつた。ところが、波多江さんの書き物を見て、やはり壱岐にも曾ては語られてた、今は忘れられてしまつた其物語があつたのだらう、と言ふ推測だけは出来た。

薩摩琵琶歌の、弾奏法すら忘られたらしい「虎道」と言ふのがある、と言ふ事が、「ふくろふの謎」には書いてあつた。「虎道」は勿論、とらどうの本字といふほどでもない一つの宛て字だらう。虎は、虎でも寅でもないが、道は「童」らしい気がする。

私は、薄雪物語[4]について、近頃書いて見たことがある。どうも、日本の近代にも、「ゐるてるの歎き[5]」式に消息文で出来た小説があつて、其が可なり古い処まで溯れるやうな気のすることを述べて置いた。

懸想文[6]が、文学の一つの要素になつて居ることは、平安の物語日記には、明らかな事実だ。が、其が、隠語を発達させる手引きになつて、所謂「やまと詞」なる文ことばの殖えて来たことを、も一度此機会に考へて見たい気がし出した。

其と、も一つは、浄瑠璃十二段[7]が、ぽつゝりあれきりにならずに、後まであとを牽いてゐるらしいと言ふ問題が、心にかゝつてゐるのである。

（一九三八年 五一歳）

当《たい》麻《ま》寺《でら》中護念院にて

明日は東京へ帰ります。

大和には秋風がもう吹いてゐます。久しぶりで来て見ると、夕日をうけてうすみどりに畝火耳[1]梨が立つてゐます。国原はあちこち出水の噂でさわいでゐます。（十月二日）

（一九一七年　三〇歳）

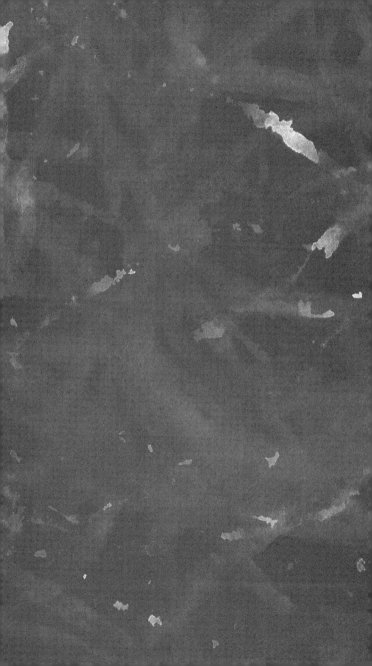

筬《をさ》の音——わが幼時の記憶

わが車は、とある村に入りぬ。

軒ごとに吊りほせるかけ菜の、あるかなきかの風にゆらめきて、鶏のこゑ、長閑にきこゆ。

轍におこる塵かろく舞ひ、藪ぎはの緋桃の花、ほろり〳〵散る。高安の春、いま闌なり。

いつしか、村をはなれつ。から〳〵と軋り行く輞《オホワ》(1)の右左、みだれ咲く菜の花遠くつゞきて、蒸すばかり立ちのぼる花の香の中を、黄なる、白き、酔心地に蝶の飛びては憩ひ、いこひてはとぶ。

いづこともなく、筬(2)のおときこゆ。

見れば、わが行く手にあたりて、常緑樹の森あり。音は、其方より聞え来るなり。

此音を耳にして、われは、ゆくりなくも、旧き記憶をよびおこして、回想の忘れ路をたどりぬ。

恋《コヒ》の淵《フチ》・峯の薬師・百済の千塚《チヅカ》など、通ひなれては、そなたへ足むくるもうとましきに、折しも秋なかば、汗にじむまで晴れわたりたる日を、たゞ一人、小さき麦稈帽子うち傾けて、家を出でつ。

山鳩の、梢に羽ぶく音だに聞ゆる淋しき山路を、「あゝ正成よ(3)」など、高らかにうたひつゝ登る。

この道は、平群《ヘグリ》の櫟本へ出づるなりとか。

もみぢにはまだしけれど、聞きおよぶ龍田(4)へは二里をこえずと、よべ乳母の語れるに、いでさらばと志しゝなりき。

行けど〳〵山かさなりて、峠なほ遥かなるに、日はゝや大阪の海に傾きかゝり、大空は、いよゝ青ずみて、行きかふ雲だになし。

夕べの山路には、人かどふ神の出るものよと聞けりしかば、暮れはてぬ程にともと来し道をひたくだりに走せくだる。

山の尾をいくめぐり、谷にそひ、谷をわたり、森のかげ路のをぐらきには、落葉ふむ跫音にもおびえつゝ、やゝ里近くなりたる処に、山畠の陸稲《ヲカボ》の、方一反、波うちかへすが中に交りて、大きなる柿の木の枝もとをゝに実りたるが、折からの入日をうけて立ちたる。と見れば、その木の本に小家ありて、其内より機おり唄のきこえ来るならずや。

ひそ／＼と忍びよりて障子の穴よりうかゞふに、さだすぎたる女の(5)、頬にみだれかゝる髪かきもあげで、泣きてはうたひ、唄ひては泣き、何になくらむ、かなしげにうたへるなりき。

様は遠州浜名の橋よ、いまはとだえて音もせぬ。

さては此女、柿主《ヌシ》なりなと思ひつゝ、手ごろの石拾ひあつめ、柿の木にむかひてうちつくるに、二つ三つ四つ、がさ／＼と音して、叢にまろび落ちたるを、袂におしいれて、立ち上らむとする時、「たそ」と咎むる声して、障子さとうち開き、見いだしたるは、かの女なりき。

一目見るより、われは背戸のふし垣ふみこえて、走り出でぬ。

後につゞく音するに、顧れば、さをなる顔にほつれ毛うちみだし、細き目に涙たゝへたる柿主の女の追ひ来しなりき。

われは立ちすくみぬ。

女は近よりて、やにはにわが手をぐと把《ト》りぬ。われは恐れと羞恥《ヒトミシリ》とに、泣かむとせしも、辛うじて涙かくしぬ。

握られたる手には、女のはげしき呼吸にうち震ふ肩のをのゝきの、伝ふならずや。

若子、今うち落しゝ物、かへし給へ。

こはき顔して見入るに、われは噤みぬ。

かへし給はずや。

いな／＼、われは柿はとらじを。

と云ふに、女の肩いよゝをのゝき、把られたるわが手、亦、いたくふるひぬ。

よし／＼、かへし給はずば、明日にも若子が家人に告げん。

と云ふに、捕へられたる手うちはらひて遁れんとする袂より、紅の珠二つ三つ、ころ／＼と転び出でぬ。

それ見給へ。

と女は冷かに笑みて、わが顔を覗きこみぬ。われはえ堪へず、声あげて泣きぬ。

頬を伝ふ涙はらふ〳〵、逃げ下りつ。

裾曲を流るゝ里の小川の板橋に立ちて、ふりかへりぬ。

見上ぐれば、靄こめたる山畠の小家には、早や灯きらめきぬ。

かすかにきこゆるは筬うつ音。

家にかへれば、乳母は、わがかへりおそきを案じわびて、門にたゝずみ居たりき。

ありし事は、小さき胸一つに秘めて、其夜は早く寝床にまろび入りぬ。

其夜の夢は、千塚《チヅカ》の極尾《ハツヲ》の神のあらはれて、われに貸しおきつる斎瓮《イハヒベ》をかへせ、とせめしなりき。

夢さめて、われは、かの女は塚の神ならざりしかなど思ひて、暗き寝床の内に、ひたと乳母の身により添ひぬ。

明くる日、柿うりの女、入り来ぬ。

われも欲しければとて、門へ出でんとせしも、其女の声を聞きて、たちすくみぬ。

乳母は、幾度かわが名をよびつ。されど、われは、はなれ家にかくれて、いらへもせざりき。

やゝして柿売りのかへりし頃、母屋に来て、堆く、くづるゝばかりうみたる、赤く大いなるが盆に盛られたるを見し時、其は斎瓮の埴の赤珠(6)にあらずや、とたづねて、

　若子は、ねおびれたりや。

と嗤はれぬ。たとひ其時には、昨日の恐しかりしをも忘れて、貪り喰ひつれど。

されど、われは今もなほ、其斎瓮にあらざりしかを疑ふなり。

ふと心づけば、車は若江の邑の畷(7)にかゝれり。

道のかたへなる石ぶみにぬかづきて、重成(8)の霊に、十年ぶりの今日のあひをよろこぶ。

また車に上る。恩智川の堤は、見え初めぬ。かのかげろひ立てる堤をこゆれば、わがめざしたれつゝ、十年の月日を過しゝ、里親の家も見ゆるなるべし。山畠の機おり女は、今も、まさきくありや。

前路遠くして、わが行く道、なほ遥《エウ》々たり。

（一九〇五年　一八歳）

細雪《ささめゆき》以前

私が生れた頃の大阪の町は、江戸時代そのまゝの規模を持つてゐて、北は大川(1)、南は道頓堀川、その二筋の間に囲まれてゐる町々を中心としてゐた。私の生れたのは、それから又一まはり外側になつてゐて、その頃は、まだ場末の郡部の町(2)であつた。それだけに、大阪の町中で廃《スタ》れた古い習俗は多く残つてゐて、肝腎の市内に行はれなくなつたものが多かつた。たとへば、七月七日の七夕から、七月十五・六日、盆すぎまで、多分遠国《ヲンゴク》を意味するらしいをんごくと言ふ踊りが残つてゐた。これなどは、一時町の中では廃《スタ》れてしまつて、その後、又復興せられたやうに聞いた。

日が暮れると、女の子が手に〱提燈を持つて、町通りを歩いてゆく。

　をんごく　ナハハ　ナハハハヤ　をんごく　ナハヨイ〱

船は出てゆく 帆かけて走る 浜の少女郎《コヂヨラウ》が 出て招く アリヤリヤン コリヤリヤン サア
〳〵 ヨイヤサ
サテ 横堀の うどん屋の娘《コ》が 心中をしたと うそかまことか ほんまのことか アリヤリヤ
ン コリヤリヤン

女の子たちが、こんな歌をうたつて通るのである。今から考へると、歌の意味の訣る年頃の子も相当に居つたらうにと、其頃の親達の、のどかなしつけが思はれてをかしくなる。それにつゞいて、一から十までの数へ歌がうたはれる。

一おいて廻りや こちや市《イチ》や立てぬ 市場なりやこそ 市たてまする

と言ふ風にうたふのである。その文句から見ると、うたひながら、めい〳〵急に旋廻運動に移つて、一廻りしたものに違ひない。その廻る様子を見た覚えはない。年がいつてから、これが昔あちらこちらで行はれた、七夕の小町踊りと言つたものが、変り変つてそんな形で残つてゐた事を知つて、女の子が、これから人生の悲しみを知らうとする、門出《カドデ》の歌だと言ふ気がした。私の母や叔母たちが小娘であつた時代には、勿論簡単な踊りがついてゐたのである。尤、母が娘であつた時代と言つた所で、大した昔でもない。せい〴〵八・九十年そこ〳〵になる位だらう。それでも、母から聞いた話を思ひ合せると、何だか大阪の町の大昔の事のやうな気がする。私の祖母は、難波・木津・今宮とならんだその今宮から縁づいて来た。小さなうちに両親を失つた人だが、両親のその又両親にひき取られて、幸福に子供から嫁になつた。その家に、なんでも一人みなし児が養はれてゐて、いつも〳〵秋になると、裏の畑に出て、独り言とも歌ともつかず、大きな声をはりあげてゐたさうである。

　鵯《ヒヨドリ》よ 鵯よ こちの裏でないてくれな 柑子とろかと気にかゝる

いつもこれの一点張りだつたさうである。爺婆に可愛がられてゐても、おなじく親のない子供ごゝろには、これがたとへやうもなく悲しかつたと、よく言つてきかせた。それで、私までがいつか何の気なしに、「鵯よ〳〵」と家の裏庭でうたつてゐるのを祖母にきかれて、叱られた記憶がある。その子供ごゝろにも、大変悪い事をしたと、すまなく思つた事を覚えてゐるくらゐだから、何が祖母をそんなに怒らせたか、祖母の悲しみを知つてゐたのである。今から五十年前には、大阪の真中になつてゐる木津あたりでも、こんな歌が適当に感ぜられる多くの空地と、青い空をのぞむ事が出来たのである。

思ひ出すのは、母が十代の頃、伊勢参りに行つた話である。大和路を通つたのか、近江路から入つたのか、それも聞かされた覚えがない。たゞ大きな海道の追ひ分けのやうな所をと言ふから、江州の草津へんの様な気がする。一行は皆馬に乗つて通つた。いつとう後の馬子が引いてゐる馬の背にをつた母だけが、皆のつゞいて行つた道とは別に、来たまゝ真直に馬を歩かせてゐた。気がつくと、日が暮れてくるし、一行の姿も遠くなつてゐた。

「をぢさん」と大きな声で呼ぶと、一行の最後に居た近所の主人が、気がついて引き返して来た。

馬子を叱つて、一行のゐる所まで連れもどしてくれた。

私にさう言ふ話をしてゐた母も、もう三十年四十年前にすぎさつた事を、なつかしがつて話してゐるやうに見えた。そのをぢさんの家は、その頃まだ、私の近所に栄えてゐた刃物屋であつた。だがその人は、とくの昔に年がいつて、もう死んでゐた。その後その家の門《カド》を通る度毎に、何だか感謝したいやうな心が起つた事を思ひ出す。長い時間と言つても、母と私と、両方の半生をつなぎ合して、僅か短い一生にあたるくらゐの年月の間に、もうそれだけの変遷が来てゐる。

恰度私が高等小学校一年になつた時、大阪市は拡張せられて、私等の村だつた所も、大阪市南区木津となり、私の生れた家の町通りも、急に鷗町一丁目となつた。それはつひ半丁程先に、鼬《イタチ》川と言ふ川があつて、鷗橋といふ橋がかゝつてゐたからの思ひつきであつたらう。

　船につんだら　何所まで行きやる　木津や難波《ナンバ》の　橋の下

と言ふ子守歌で、相当に広い範囲まで行はれてゐたから、未だに知つてゐる人もあらう。その後が、

　橋の下には　おかめがゐやる　おかめ取りたや　竹ほしや

と歌つてゐた。そのおかめが、おそらくはすつぽんの事であらうのに、物を知つた年寄たちは、「かもめがゐやる　かもめ取りたや」が本道だと言つてゐた。だから、それから出た橋の名である。

七夕がすぎると、月見が来る。月見の夜には、今から思へばとんでもない事であるが、地方に

よつては、いまだにまだ〳〵力強く実行してゐる所が無いとは言へぬ。極度に子供の戯《イタヅラ》を許した晩である。秋の花々を花立てにさして、お月様に供へる。その前には、三方に団子をつみあげて供へる。それが宵のうちからしてゐるのだから、月はもう昼のうちから、東の山の端の雲の中にこもつてゐるやうな気がしたものである。十三夜の、後の月になると、三方には栗・芋・莢豆のゆでたのを盛り供へる。勿論中秋の名月には、たゞ団子ばかりである。それに狙ひをつけて、家々の子供は、まるで一人々々影の鬼のやうに跳梁してまはる。月見の供へ物は、大抵家の縁側にかざるものと決つてゐた。だから家によつては、その辺まで人に知られずに入りこむことは、容易な事ではない。だが何とかして、それに近づいて行つて、竹の竿の先につけた釘の類で、三方のお供へ物をつき刺して盗み取る、と言ふ事になつてゐた。どこの家の子供もする事だから、見つけた所で、とがめる家もなかつた。

それ以前から今に至るまで、名古屋・岐阜の田舎では、これをがんどうちと言つた。がんどは強盗にあたる古い語で、さうした掠奪行為を行ふ意味を、その語で表してゐたことは、勿論後になつて知つた訣である。がんどとは言はなかつたが、それが我々の所では、十五夜の子供の行事の一つであつたのである。早く死んだ私の中の兄などは、物干し台の上から、物干し竿の先に釘を打つて、それで、目の下に見える隣りの家の、縁先に出した三方の上を突き刺さうとした。その企《クハダテ》はよかつたが、団子を突き刺す代りに、花立てのひつくり返る音を聞いて震へあがつてしまつた事なども、見て覚えてゐる。それと同じやうな事が、新暦では二月にまはる事の多い節分の日にも行はれて、人々はこれを大目に見すごしてゐた。大阪辺の節分の日は、近郊の寺社で方違《カタタガ》への祈願が行はれて、人々はそれへ参詣する。参道に露店が出てゐて、大きなのや小さいのや、鳥の羽根でつくつた簪を売つてゐた。節分の社に参る女たちは、みなその羽根の簪を買つては頭にさしてゐた。この夕方に限つて、その簪を女の子の頭から抜き取る事を、見許してをり、子供たちも、一廉《イッカド》の手柄のやうにはしやいだものだつた。私すら一度、参道でお参りの女の子を待ちうけてゐて、特別に立派な白い羽根の簪を、抜いて逃げた事を覚えてゐる。

話に枝葉が出て、年越の行事まで話さうとしたが、手近い夏の習俗について書いてみようと思ふ。

七夕の、行事の一通りを話さうとすれば、一地方の事だけでは、万遍ない理会は得られない。だから、すこし広く、又古い時代まで遡つて話しする事になる。七月七日の七夕の祭りは、相当に古く為来《シキタ》つた節供の一つである。その為来りの一部分は、奈良朝より前にすでに中華の国から日本に渡つてゐて、それがいまだに引きつがれてゐる訣である。と言つても、七夕の行事全部が彼の国うつしである訣もなく、又七夕といふ語自身すら、支那文化の入つて来る以前からあつて、その信仰の日本に極めて古くから行はれた事を示してゐる。

七夕《タナバタ》と言ふのは、近代では勿論星の名である。彦星七夕と対照して言つたり、七夕織姫とならべて言つたりするので、どちらが男性でどちらが女性だか訣らなくさへなつてゐる。が、元来日本の古代信仰では、星の名でなかつた七夕が、何時の間にか、犬飼星（牽牛星）を彦星ととなへて、その配偶者なる織女星《シヨクヂヨセイ》を言ふ語のやうに、聯想を変へてゐたのである。人によつては、何か機《ハタ》の出来方が違つてゐて、棚と言ふ名のつくのにふさはしい構造を持つた竪機《タテバタ》の事と考へてゐるやうである。だがそれは、おそらく間違つてゐる。海岸や川岸から、水面へ長く掛け出した桟橋のやうなものを、昔はたなとかたなはしとか言つた。桟橋のやうな、水の上の掛け出しに造り据ゑた機《ハタ》が、たなばただつたのである。何の為にそんな事をしたのか、もうその痕跡も、何もかもすつかり消えて、ことばだけが残つてゐるばかりである。大昔、祭りが近づくと、遠い遥かな海を越えて来る男神を迎へる為に、此国で織つた清い新しい布の着物を、用意して置かなければならなかつた。それは、水の上を渡つて来る神達が、殆寒々とした裸な姿で来られるものと思つてゐたからである。それ故、祭りが近づくと、村でもつとも清いをとめの一人、或は極端に選りすぐられた数人のをとめが、その水上の機屋《ハタヤ》に入つて、村の生活とはかけ離れた幾月かを其所で過し、清い機を織り、又神の身に接する自分の体を、此上なく清らかにして暮したのである。さうしたをとめ達を、「たなばたの女」と言ふ意味の、「たなばたつめ」と言ふ古語で表現してゐた。

これが、古事記や日本紀の神の歌とつたへるものに出てくる、

天《アメ》なるや　弟たなばたの　うながせる　珠のみすまる……

と言ふ語のある理由であつた。「おとたなばた」とある以上は、さうしたをとめたちが二人以上ゐる事もあつた事が訣る。おとと言ふことばは、正副の副を意味するので、為事から言へば、

脇役である。年から言へば、年若なものを表してゐる。必、年長者であり、本役である所の「兄《エ》たなばた」と言ふをとめがあつた事を、語のほかに示してゐる。

さうした棚機にゐる清い若いをとめが、首にかけていらつしやる輪つなぎの玉、と言ふやうに、古代の男達の目に残つた、人間の欲望のあなたに過ぎ去つた清い印象が、歌となつて、何も彼も忘れてしまつた後の世まで残つた訣である。所が、万葉集になると、もう何時の間にか、中華の星まつりの信仰をとり込んで、その姫星の名に、七夕つめを与へるやうになつてゐた。たゞ清い想像のかげばかりが忘却のおもてに浮いたやうになつて。だから勿論、それに一年に一度会ひに来る神を、大空の牽牛星の事としたのも、いかにもさうあるべき聯想の推移であつた。

夏から秋にふり変る頃が、古代の村々で遠いはるかな海から、神を迎へる時期であつたのだ。それでこの時に、大きな祭りが行はれ、祭りに先だつて、誰も近よせない清くさびしいをとめの機織りの生活が、はじまるのであつた。さうした幾代の印象を重ねて、もうそれが、此先は記憶の底につみ込まれようと言ふ時になつて、新しく入つて来た七夕《シチセキ》の星祭りを語る遠い国の伝説と結びついた。そこに又、新しい生命を受けて、生れ変つた習俗が我々の世まで、信仰の名残りを伝へたのである。民間に伝承せられる過去の生活の印象は、どんな事があつても亡びさせまいとする努力感が、いつもそれに伴つてゐた。誰が誰に責任を感じてゐるといふ訣ではないが、言はゞ祖先は子孫のため、子孫は祖先のため、相見る事のない人同士が、互に努力を持ちよつて、民族の性格だけは残して置かうとしてゐるのである。

（一九四九年　六二歳）

文学を愛《め》づる心

文学を愛でゝめで痴れて、やがて一生を終へようとして居る一人の、追憶談に過ぎぬかも知れない。

＊

文学をめでゝ愛で痴れて、而も其愛好者の一生が、何の変化も受けなかつたものとすれば、その文学がよほど、質の違つたものだつたと考へてよい。さうでなければ、その人が変質的に随分強靭な心を持つてゐたと言ふことになる。所謂文学の悪影響と言ふこともあるにはある。此は考へて見ねばならぬことだ。文学を愛して居ながら、ちつともわるい感化を蒙らなかつたと言ふ人は相当あつて、紳士として申し分のない生活をして居る。かう言ふ人の行き方は、堅実な態度と言はれて来て居る。

＊

だが、よく考へて見ると、古くから読まれて来た書物で、ちつとも不健康な分子、有害な部分のないと言ふやうな文学は、まあ、ないやうである。経典を見たつて、欲望を唆る様な箇処はあつて、それ〴〵昔から知られてゐる。倫理書をのぞいても、其当時々々の社会の秩序を破る思惟を誘ふ部分と謂つた処は、皆それ〴〵あるのである。其が文学としての傾向の著しいものになると、文学としての性質上、更に激しくなつて来るまでゞある。

＊

我々は祖先の世から、美しい次代を創りあげようとして、苦しんで来た。其為に、幾人とも知れぬ犠牲者を出して来てゐる。さう言ふ苛烈な経験をした人々よりも、も一つ先にのり出して、自分の書き列ねてゐる語をつきつめて行つて、どうしても逢著しなければならぬ新しい境地を、ちらつと見ると言ふ処まで達したのが文学者のある者である。言語文章を以て、彼等は、人生の論理を追求して行つた。さうして、美しい次代の俤を、自分の文学の上に、おのづから捉へて来た訣である。

*

かう言ふ新しい生活に対する予言が、正しい文学、優れた文学の持つ、文学としての第一の資格であつた。だから謂はゞ、文学の持つ美は腕の脱落した、過去のみゆうず神[1]の担任する美とは、聊か様子の違つたものである。つまり此から先の人間の生活を、思ひのまゝのいさぎよいものにする――その手はじめに、自分の生活を感情の趣くまゝにふるまうて行く。さうしてその整頓せられて出た結果が、次代の人生の規範として備る。

かう言ふ生活の、実際に現れて来るより前に、言語を以て表現する芸術に、さう言ふ未来の心ゆく姿をば、望み見ることの出来る境までは、行くことが出来るのである。

＊

たとへば、とるすといの様な人(2)——。現れたところでは、一生を気随にふるまつた人のやうにも見える。併し、彼自身が、人間全体の代表であつた形は、はつきりと見られてる。相応に当時の人々からも認め難く思はれて居た気まゝな欲望を持つた彼である。だが皆次代の人生をそこまでおし拡げようとして居たものだと言ふことに、やつと人々は、後で気がついた。

たゞ、れふ・とるすといは篤信者であつた為に、神の過去の姿をふり返りみる習しが深かつた。それである点、彼の美は、未来へばかり向けられてゐたと言ひにくい処も出て来た訣である。

これが、文学・芸術と、宗教との違ふところである。

＊

文学は口説《クゼツ》の芸術であつた。その為に内に持たれてゐるものは、人の心へ直に論理的にはたらきかけた。だから人々は、各その人生を以て文学を受けとらうとした。それで、文学はじまつて以来、正当な批評の準拠は、人生にあつた。

その文学が、人生をどう扱つてゐるか。曲つてとり扱つて居はすまいか。かう言ふ立ち場が最古い文学の時代から、その批評にはあつた。

＊

今の人生――と言ふよりも、今の人生の基準になつてゐる過去の人生が、だから、批評の準拠として、文学の正面に立てられる。次代の美しい人生を想見してゐる文学が、其とぴつたりとして来る事は、あたり前のことである。
かう言ふ、批評の危がつて、人生の破壊だと憤つた其文学は、後に見ると、実は何でもないことゝして、現実のことに、平静な姿でおちついてしまつてゐる。

＊

「人形の家」(3)が今も問題を提供して居るやうに見えるのは、実は錯覚である。つまり、さう言ふ女性解放を恋ひ望んだ歴史を、時々ふり返つて見る——さう謂つた一種の歴史劇と見てよいのだらう。尤、日本の国では、まだのらの家出を肯はぬ若干の人が居ることも事実である。西洋にだつて、それはない訣ではない。だからと謂つて、いまだに此国では、女性をそんな風に縛りつけてゐた過去を脱却して居ないのだ、ときめてしまふのは、どうかと思ふ。現実においては尚幾分未決算の部分を残し乍ら、理論の上では、夙くに卒業してしまつたといふ状態に、あるのではないか。

さう言ふ風に、知識が単に知識として、早急に受けとられる。うはすべりした理会が、世間の文化を、滑らかに経過させるけれども、「実」のない人生ばかりが、社会に堆積せられて来る。さう言ふ日本の文化である。

我々は、こんなにわかりの早い人間であつてはならないのだ。もつと深い理会を——もつと根のある人生を——今はだが、国人にこれを望むだけで十分である。

＊

文学と、人生と、批評との関係が、さう言ふ風なのだから、我々の文学に、時としては文学を目的から逆行させよう、と言ふ――批評に行き逢ふことがある。さうして此が、とても〳〵強力に圧しかゝつて来る。

文学の愛好者としても、こんな批評を懐抱してゐる限りは、其文学を読むことが徒らな享楽となつてしまふことが多いものである。

*

日本の国で謂つても、さうだ。少くとも、源氏物語は、世界文学に伍しても、ひけ目を感じることがないと言つて来てゐる。私も、それはさうだと思ふ。だがも一つ、其然る所以を、説き明らめた人が居ない。それでは、却て源氏物語の価値を低くする様なものである。もつと第一義的な批評が、出て来なければならぬ。

源氏を「誨淫の書」だの、「破倫の書」だのと言つて、まるで唾を吐きかけるやうな調子で、ものを言つた時代もあつた。而も、こゝ数年、そんな昔の考へ方が、くり返されて居た。如何に何でも、日本人が、日本の一流の文学を——出来れば、若い者に見せないですまさうとした態度は、よくないことである。精神力の衰へて居た証拠である。そんな事でもしなければ、民族性格のだらけて来るのを、防ぐことが出来ない、と考へて居たのだと思ふと——さう言ふ世間の一員で、自分もあつたのだと思ふと、我ながら、可哀さうになつて来る。

＊

自分の犯した罪の為に、何としても贖ひ了せることの出来ぬ犯しの為に、世間第一の人間が、死ぬるまで苦しみ抜き、又、それだけの酬いを受けて行く宿命、——此が本格的な小説のてまとして用ゐられると言ふことは当然ではないか。之を咎めて、作品の価値までも没却しようとした時代があつたのである。たとへば今一方、其境遇が、最貴い家庭に置かれてゐる点がわるいのだ、と言ふ説があるとする。それなら、愈、わるい考へ方である。さう言ふ貴い人々の間に処つて、苦悩の生涯を貫いた人を書いたればこそ、この書の特殊な価値は、益高く見える訣ではないか。

＊

いにしへの　生き苦しみし人びとの　ひと代《ヨ》を見るも、　虚しきごととし

くるしみて　この世をはりしひと人の物語せむ。　さびしと思ふな

（一九四六年　五九歳）

註

妣が国へ・常世へ

1［蘖え］若芽が樹木の切り株などから生えること。**2**［そこり］海底などにたまった澱。**3**［伴大納言殿］政敵を陥れようとして逆に自らが失脚した、応天門の変を起こした平安時代の公卿・伴善男（八一一―八六八）のこと。**4**［惝悅］しょうきょう、しょうこう。ここではあこがれの意。**5**［とよたまひめの…］古事記・日本書紀に登場するエピソード。トヨタマヒメが出産する際、夫のホオリノミコトにのぞかないよう言ったにもかかわらず、真の姿が八尋鰐であることを目撃されてしまい、離縁（こどと）して海へ帰ったことを指す。**6**［いはながひめ等の…］イワナガヒメはコノハナサクヤヒメとともにニニギノミコトに嫁ぐが、その醜い容姿から追い返されてしまう。しかし実はイワナガヒメは永遠の命を象徴する存在で、ニニギの子孫（＝天皇家）はその後「とこいい（呪い）」のせいで有限の命しか持てなくなったことを指す。**7**［悠紀・主基の国］大嘗祭（天皇の即位儀礼）の祭儀の名称。大嘗祭において、新穀を捧げる東方の代表を悠紀の国、西方の代表を主基の国と言う。**8**［みかど八洲］日本。ここでは東北（みちのおく）以北を除く日本。**9**［ほをりの命］別名山幸彦。海神の宮でホオリノミコトは妻となるトヨタマヒメと出会う。註5も参照。**10**［出石人］アメノヒボコは渡来神として知られ、出石人は彼に付き随った渡来人。兵庫県豊岡市出石町の出石神社には、現在もアメノヒボコがもたらしたとされる八種の神宝が「伊豆志八前大神」として祀られている。出石町は但馬国に属しており、次行の「国の名を負うたたぢまもり」とはその意。**11**［蘿摩］ガガイモ。つる性の多年草。**12**［つがもない］とてつもない。**13**［春の日の…］出典は万葉集巻九・一七四〇番の「水江の浦島の子を詠める歌一首」。**14**［しひ語り］強い語り。無理に話を聞かせること。**15**［鈴ノ屋翁］国学者の本居宣長（一七三〇―一八〇一）。書斎を鈴屋と名づけた。**16**「みしはせ」古代、北方にいたとされる異民族。**17**「泊瀬天皇」雄略天皇。**18**「国栖・佐伯・土蜘蛛」いずれも長らく天皇家に服属しなかった辺民。**19**「柳田國男」民俗学者（一八七五―一九六二）。折口信夫の師。**20**「隘勇線」日本統治下の台湾で、砦と柵で先住民族の住む山地を包囲した線。**21**「比良坂」黄泉《よもつ》比良坂。現世と死者の世界の間にあるとされた境界。**22**「浄見原天皇・崗宮天皇」浄見原天皇は天武天皇、崗宮天皇は天武天皇の息子の草壁皇子のこと。**23**「柿ノ本ノ人麻呂」柿本人麻呂。万葉集を代表する飛鳥時代の歌人。**24**「秦ノ河勝」聖徳太子の近臣。常世の神と称して蚕に似た虫を祀らせて民衆を惑わしていた者を懲らしめたという伝承がある。**25**「六畜」馬・牛・羊・豚・犬・鶏の六種の家畜。**26**「守屋」古墳時代の豪族・物部守屋。物部氏は廃仏を唱え、崇仏派の蘇我氏と対立、守屋は蘇我馬子に滅ぼされた。**27**「つぬがのあらしと」日本書紀に記述が見られる、加羅国（朝鮮）から渡来した王子。古事記におけるアメノヒボコの渡来伝承に類似。

鬼と山人と

1「木地屋」漆などの塗料で加飾しない木地のままの器類を作ることを生業とした職人。かつてはよい木を求めて山中を渡り歩いた。轆轤師とも。**2**「はざ」稲を掛けて乾かす道具。**3**「眷属」親族、従者。**4**「大太郎法師」ダイダラボッチ。日本各地に伝承のある巨人。**5**「阿倍貞任も…」安倍貞任は平安時代中期の武将（一〇一九？―六二）。源頼義に討たれた。松岡五郎は不詳。三浦荒次郎（義意）は戦国時代の武将（一四九六―一五一六）。北条氏に滅ぼされた。

盆踊りの話

1「うなゐ・めざし」幼い子。**2**「くなど」村の境域などに置かれ疫神などの侵入を防ぐ民俗神。**3**「出雲のお国」出雲阿国。歌舞伎の創始者とされる女性芸能者。

ほうとする話

1「御霊会」怨霊を鎮め慰める祭。**2**「大祓式」六月と十二月の末日に万民の罪穢を祓うために行われる神事。**3**「男山の放生会」魚鳥など生きものを放って肉食や殺生を戒める儀式。石清水八幡宮（男山）のものが有名で、現在は「石清水祭」と称される。**4**［牛頭天王］元は祇園精舎の守護神とされ、八坂神社の祭神。スサノオノミコトとも習合される。**5**［障神・八衢彦・媛の祭り］さえのかみ（障神）、やちまたひこ・ひめ（八衢彦・媛）ともに、悪霊や疫神の侵入を防ぐ民俗神。**6**［おきつ・み・とし］稲。遅く実る穀物の意。**7**［ぶち］ばち。**8**［粢］神前に供える穀物。**9**［まどこ・おふすま］天孫降臨の際、タカミムスビノミコトがニニギノミコトを覆って降ろしたというふすま。大嘗祭で天皇が臥すふすまと関連があるとされる。**10**［年のうちに…］古今和歌集巻頭の在原元方の歌「年のうちに春は来にけりひととせを去年とやいはむ今年とやいはむ」のこと。陰暦で新年になる前に立春が来たことを歌っている。**11**［三矢重松］国語学者（一八七二―一九二四）。折口信夫の師。**12**［野見宿禰］出雲の人。剛力無双で力くらべ（相撲の初めとされる）をして勝ったと日本書紀に記された伝承上の人物。**13**［侏儒］小人。**14**［夏と秋と…］新葉和歌集二四八番の二条為忠の歌「夏と秋とゆきあひの早稲のほのぼのとあくる門田の風ぞ身にしむ」が出典。**15**［乞巧奠］きこうでん。中国における七夕行事。**16**［住吉の宝の市の神輿渡御］住吉大社の初穂や五穀を神前に供える神事（宝之市）。現在は神輿渡御は住吉祭のみで行われる。**17**［鷽替へ神事］木彫りの鷽の木像を交換して、前年にあった悪いことを嘘にする神事。**18**［日吉］日吉は古くは「ひえ」と読み、比叡山のこと。**19**［新室ほかひ］新しく作った家や部屋の霊を祓うこと。

み雪ふる秋

1［小寺廉吉］地理学者。

山のことぶれ

1［鏡花］泉鏡花。小説家（一八七三―一九三九）。**2**［桃青］松尾芭蕉（一六四四―一六九四）。「雲端に霾る」は『おくのほそ道』の一節。**3**［罔極］果てのないこと。**4**［反閇］邪気を祓うため呪文を唱え大地を踏みしめ、千鳥足に歩む呪法。**5**［山づと］山から持ち帰る土産。

日本の年中行事

1［「むらさき」の新年号］紫式部学会が発行していた雑誌

（一九三四―五四）。本篇掲載は一九四三年新年号。**2**［小名］こな。町や村の一区画の名前。**3**［関敬吾］民俗学者（一八九九―一九九〇）。

餅搗かぬ家

1［この雑誌］「旅と伝説」（一九二〇―四九）。

鬼を追ひ払ふ夜

1［九鬼家］室町時代から戦国時代、三重県志摩地方を拠点に活躍した豪族。強力な水軍が有名。江戸時代にも大名家として存続。**2**［静山］松浦清（静山）。江戸時代後期の大名（一七六〇―一八四一）。肥前国平戸藩主。随筆集『甲子夜話』で知られる。**3**［九鬼和泉守隆国］江戸時代後期の大名（一七八一―一八五三）。摂津国三田藩主。

年中行事に見えた古代生活

1［初山入り］正月、山に入り木を切ったり薪をとる行事。**2**［春田打ち］正月に稲作の一年の過程を演じ、豊作を祈る行事。**3**［飄蕩］ただようこと。

花物語

1［允恭天皇］記紀で第一九代とされる天皇。日本書紀に「花ぐはし桜のめでことめでば早くはめでず我がめづる子ら」といふ歌が載る。**2**［桜町中納言］藤原成範。平安時代後期の公卿（一一三五―八七）。「少納言信西入道」は成範の父で平治の乱で死んだ信西（俗名藤原通憲、一一〇六―六〇）。**3**［山部赤人］柿本人麻呂とともに万葉集を代表する奈良時代の歌人。

神賑ひ一般

1［催馬楽］雅楽の曲種名。平安時代に起こり、天皇の御遊の際に演奏された。

雪の記憶

1［樋畑雪湖］郵便資料蒐集家（一八五八―一九四三）。**2**［いんばねす］袖の代わりにケープが付いた男性用コート。

山の湯雑記

1［蜾蠃］ジガバチ、もしくはジバチ。**2**［田山］田山花袋。

小説家（一八七二―一九三〇）。「再び草の野に」は一九一九年の著作。

山の音を聴きながら

1［治郎兵衛］次郎兵衛。松尾芭蕉の身辺を世話していた男性。**2**［曾良］河合曾良。芭蕉の弟子（一六四九―一七一〇）。芭蕉の「おくのほそ道」の旅に随行。**3**［国木田］国木田独歩。小説家、詩人、編集者（一八七一―一九〇八）。「忘れえぬ人々」はある宿での交流を描いた独歩の代表的短篇。**4**［若山］若山牧水。歌人（一八八五―一九二八）。旅と酒を愛したことで知られる。**5**［武者小路］武者小路実篤。小説家（一八八五―一九七六）。一九一八年、理想郷を目指し宮崎県に「新しき村」を建設。

沖縄を憶ふ

1［顯王］不詳。**2**［柳宗悦］思想家（一八八九―一九六一）。民藝運動の創始者。**3**［国頭］沖縄本島の北半分。

恋の消息

1［蜑］あま。海で魚や貝を採るひと。**2**［白秋］北原白秋。詩人、歌人（一八八五―一九四二）。「多磨」は白秋が創刊した歌誌。糖尿病と腎臓病のため、一九三七年に入院している。**3**［波多江種一］薩摩歌壇の研究者。**4**［薄雪物語］書簡体で書かれた、江戸時代初期の仮名草子。**5**［ゐるてるの歎き］ゲーテの『若きウェルテルの悩み』。代表的な書簡体小説。**6**［懸想文］恋文。**7**［浄瑠璃十二段］中世後期の物語草子。奥州へ下る牛若が、長者の娘浄瑠璃御前と結ばれる恋物語。江戸時代初期に語り物として流行、浄瑠璃の名称の起源とされる。

当麻寺中護念院にて

1［畝火耳梨］畝傍山と耳成山。奈良盆地南部にある山で、飛鳥時代、この周囲に藤原京が築かれた。

筬の音

1［輞］大きな車輪。**2**［筬］機織の付属具。枠に鋼や竹の薄板を多数並べた櫛形のもので、経糸の密度を一定にし、通された緯糸を打ち込んで布の織り目を密にする。**3**「あゝ正成よ」「小楠公を詠ずる歌」の一節。**4**「龍田」竜田川。紅葉の名所として有名。**5**「さだすぎたる女」盛りの年ごろを過ぎた女。**6**「斎瓮の埴の赤珠」神酒を入れる素焼きの容れ物に盛られた赤い宝石。**7**「畷」田の間の道。**8**「重成」木村重成。安土桃山時代〜江戸時代初期の武将（?—一六一五）。大坂夏の陣で井伊直孝と若江で戦い討死。

細雪以前

1「大川」淀川。**2**「場末の郡部の町」折口の生地は大阪府西成郡木津村、現在の大阪市浪速区。

文学を愛づる心

1「みゆうず」ミューズ、ムーサ。ギリシア神話の芸術と学問の女神。**2**「とるすとい」レフ・トルストイ。ロシアの小説家（一八二八—一九一〇）。**3**「人形の家」「近代演劇の父」と言われるヘンリック・イプセン（一八二八—一九〇六）の戯曲（一八七九）。人形のように夫に可愛がられていた女性ノラが、一人の人間として見られることを求めて物語の最後で家を飛び出す。フェミニズム運動の勃興を示す作品とも言われる。

折口信夫

おりくち・しのぶ（1887〜1953）
民俗学者・国文学者・歌人・詩人

生まれ
明治二〇（一八八七）年二月一一日、大阪府西成郡木津村（現在の大阪市浪速区）に誕生。医師の父秀太郎、母こうの四男。幼時奈良の小泉村で里子として育った時期がある。天王寺中学校を経て、國學院大學国文科卒。師は国学者の三矢重松。卒業論文は「言語情調論」。大学卒業後、大阪府立今宮中学校、郁文館中学校などの教員を経て、國學院大學教授、慶應義塾大学教授。昭和七（一九三二）年、文学博士。

家族
折口家は元々木津願泉寺門徒の百姓だったが、曾祖父の代に商家となり生薬や雑貨を扱った。長姉あゐ、長兄静、次兄順、三兄進、長弟親夫、次弟和夫。折口は同性愛者で実子はいなかったが、長年同居した藤井春洋を養嗣子とした（春洋は硫黄島で戦死）。

歌・詩の世界
少年期より万葉集をはじめとする日本の古代世界に心酔し、自らも歌や詩をつくり「釈迢空」と号した。大学在学中から服部躬治や東京根岸短歌会の歌人を知り、島木赤彦らと親交を深め短歌雑誌「アララギ」に参加。のち北原白秋、古泉千樫らと「日光」を創刊。主な歌集に『海やまのあひだ』『春のことぶれ』『倭をぐな』など。詩集『古代感愛集』で第四回日本芸術院賞を受賞。

折口学
二六歳で柳田國男に師事。民俗学の開拓に努め、日本各地の民俗・風俗を採集探訪する。一方柳田とは折口の「マレビト」の概念をめぐって論争も行った。代表作『古代研究』などで国文学に民俗学的研究を導入し、「常世」「ヨリシロ」などの重要概念を提唱。古代生活の再現を企てたほか、芸能史研究にも新生面を開いた。その既存の学問体系に収まらない壮大なパースペクティヴは「折口学」とも称される。

交友
中学時代の同級生に国文学者の武田祐吉、歴史学者の岩橋小弥太など。弟子に前述の藤井春洋のほか、加藤守雄、池田彌三郎、藤井貞文、西村亨など。西角井正慶、高崎正秀、藤野岩友、今泉忠義、大場磐雄の高弟五人は「折口信夫の五博士」と呼ばれる。最後の弟子に歌人の岡野弘彦。

もっと折口信夫を知りたい人のためのブックガイド

「古代研究」全六巻、折口信夫著、角川ソフィア文庫、二〇一六〜一七年（原著一九二九〜三〇年）
その分量に圧倒される折口学の集大成（民俗学篇四巻、国文学篇二巻）。民俗学、国文学、国語学、芸能史学などが渾然一体となった記述は、折口にしか生み出せないスケールを持つ。「マレビト」「ヨリシロ」「常世」など重要概念も頻出。中公クラシックス版では全四巻。

「死者の書」折口信夫著、角川ソフィア文庫、二〇一七年（原著一九四三年）
折口は何作か小説や戯曲を書いているが、當麻寺（奈良県葛城市）の当麻曼荼羅縁起の中将姫伝説に想を得、折口独特の言語感覚に貫かれた本書は、日本文学史に残る幻想文学として非常に評価が高い。中公文庫、岩波文庫でも刊行中。近藤ようこによる漫画版も。

「折口信夫古典詩歌論集」折口信夫著、藤井貞和編、岩波文庫、二〇一二年
少年時代から万葉集に魅せられた折口がその活動の中心に置いていたのが「うた」だった。「叙景詩の発生」「女房文学から隠者文学へ」「古代民謡の研究」など、「うた」についての代表的・重要論考を集成。

「釈迢空全歌集」折口信夫著、岡野弘彦編、角川ソフィア文庫、二〇一六年
古代人の心性を蘇らせようと試みた折口の格闘は、短歌の実作にもよく表れている。遺された六冊の歌集に加え、歌集未収録作、関東大震災の過酷な体験を詠んだ詩までを収めた決定的全歌集。

「最後の弟子が語る折口信夫」岡野弘彦著、平凡社、二〇一九年
一九四七年からその死まで六年半同居して、折口の晩年の生活と仕事を支えた著者。九五歳を迎えた「最後の弟子」が、その言葉や心のやりとり、文学者たちとの交遊など、師との濃密な時間を精魂こめて綴り、折口の息遣い伝わる畢生の作。

本書は、『折口信夫全集』第二、一七、二一、二七、三二、三三巻（中央公論社、一九九五―九八年）を底本としました。

表記、ふりがなは底本に従いました。また、今日では不適切と思われる表現については、作品発表時の時代背景と作品価値などを考慮して、原文どおりとしました。

なお、文末に記した執筆年齢は満年齢です。

STANDARD BOOKS

折口信夫 山のことぶれ

発行日――2019年10月16日 初版第1刷

著者――折口信夫

発行者――下中美都

発行所――株式会社平凡社
東京都千代田区神田神保町3-29 〒101-0051
電話（03）3230-6580［編集］
（03）3230-6573［営業］
振替 00180-0-29639

印刷・製本――シナノ書籍印刷株式会社

編集協力――大西香織

装幀――重実生哉

ISBN978-4-582-53171-8
NDC分類番号914.6 B6変型判（17.6cm） 総ページ224
平凡社ホームページ https://www.heibonsha.co.jp/

STANDARD BOOKS　刊行に際して

STANDARD BOOKSは、百科事典の平凡社が提案する新しい随筆シリーズです。科学と文学、双方を横断する知性を持つ科学者・作家の珠玉の作品を集め、一作家を一冊で紹介します。

今の世の中に足りないもの、それは現代に渦巻く膨大な情報のただなかにあっても、確固とした基準となる上質な知ではないでしょうか。自分の頭で考えるための指標、すなわち「知のスタンダード」となる文章を提案する。そんな意味を込めて、このシリーズを「STANDARD BOOKS」と名づけました。

寺田寅彦に始まるSTANDARD BOOKSの特長は、「科学的視点」があることです。自然科学者が書いた随筆を読むと、頭が涼しくなります。科学と文学、科学と芸術を行き来しておもしろがる感性が、そこにあります。

現代は知識や技術のタコツボ化が進み、ひとびとは同じ嗜好の人としか話をしなくなっています。いわば、「言葉の通じる人」としか話せなくなっているのです。しかし、そのような硬直化した世界からは、新しいしなやかな知は生まれえません。

境界を越えてどこでも行き来するには、自由でやわらかい、風とおしのよい心と「教養」が必要です。その基盤となるもの、それが「知のスタンダード」です。手探りで進むよりも、地図を手にしたり、導き手がいたりすることで、私たちは確信をもって一歩を踏み出すことができます。規範や基準がない「なんでもあり」の世界は、一見自由なようでいて、じつはとても不自由なのです。

このSTANDARD BOOKSが、現代の想像力に風穴をあけ、自分の頭で考える力を取り戻す一助となればと願っています。

末永くご愛顧いただければ幸いです。

2015年12月

ロゴマークデザイン：重実生哉